지금도 보고 싶은 우리 어메

지금도 보고 싶은 우리 어메

초판 1쇄 인쇄일_2015년 1월 16일
초판 1쇄 발행일_2015년 1월 23일

지은이_김웅두
펴낸이_최길주

펴낸곳_도서출판 BG북갤러리
등록일자_2003년 11월 5일(제318-2003-00130호)
주소_서울시 영등포구 국회대로 72길 6 아크로폴리스 406호
전화_02)761-7005(代) | 팩스_02)761-7995
홈페이지_http://www.bookgallery.co.kr
E-mail_cgjpower@hanmail.net

ISBN 978-89-6495-077-7 03810

이 도서의 국립중앙도서관 출판시도서목록(CIP)은 e-CIP홈페이지
(http://www.nl.go.kr/ecip)와 국가자료공동목록시스템(http://www.nl.go.kr/kolisnet)에서 이용
하실 수 있습니다.(CIP제어번호 : CIP2015000841)

어머니에 대한 그리움과 회한을 풀다

지금도 보고 싶은 우리 어메

김웅두 지음

BG 북갤러리

머리말

어머니라는 이름이 행하는 기적

가끔 이른 새벽에 잠이 깰 때가 있습니다. 그럴 때마다 오롯이 떠오르는 얼굴이 있습니다. 바로 그리운 어머니의 얼굴입니다. 꿈속에서 어머니를 보았거나 바쁘다는 핑계로 어머니 묘소를 한동안 찾아뵙지 못했을 때, 가슴속에 무언가가 들어앉은 듯한 묵직함을 느끼곤 합니다. 그것은 바로 오랜 세월 켜켜이 쌓인 그리움의 무게가 아닐까 생각합니다. 어머니가 돌아가신 지 이제 거의 반백년의 시간이 흘렀습니다. 하지만 시간이 흐를수록 그리움의 무게는 더욱 늘어만 갑니다.

한때는 이런 그리움을 남은 평생 저 혼자 가슴에 묻고 살아야 한다고 생각하기도 했습니다. 가장 가깝다고 생각하는, 사랑하는 내 가족들도 저의 이런 마음을 온전히 이해하지는 못하는 것 같았기 때문입니다. 그런데 어느 순간 그들을 이해시켜야 한다는 생각이 들었습니다. 우리 어머니의 사랑이 얼마나 크고 깊었는지, 그 사랑을 받으며 자란 내가 그 사랑에 고마워하고 그리워하는 일이 얼마나 당연한 것인지 이야기하고 싶었습니다. 하지만 제가 말 주변이 없어서 그런지 말로 이 마음을 다 설명하기엔 부족했습니다. 그래서 조금씩 글로 적어 두기로 했습니다. 그렇게 모인 조각글이 어느새 책 한 권 분량이 되었습니다.

지금껏 살아오면서 저는 한 순간도 어머니의 사랑을 잊어본 적이 없습니다. 비록 제가 어머니의 피와 살을 물려받아 태어난 것은 아니지만 어머니의 가슴속 따뜻한 온기를 품고 자랐습니다. 그렇게 저를 품어주신 어머니의 은혜를 어찌 하루라도 잊을 수 있을까요. 보통 사람들도 '어머니'라는 말만 들어도 가슴이 먹먹해지고 코끝이 시큰해진다고 합니다. 왜 그럴까요. 우리에게 아무런 조건 없는, 한없이 큰 사랑을 주시는 존재이기 때문일 것입니다. 그것은 자라면서 어머니의 헌신과 희생을 몸소 체험한 사람들이라면 누구나 본능처럼 알게 됩니다. 저 역시 마찬가지였습니다. 하늘이 맺어준 소중한 그 인연 덕분에 저는 누구보다 더 큰 사랑과 보살핌 속에 자랄 수 있었습니다. 그러니 그런 어머니의 존재가 저에게는 세상 그 자체일 수밖에요.

그런 어머니가 저를 두고 저 세상으로 떠나셨을 때, 저는 그야 말로 하늘이 무너지고 땅이 꺼지는 깊은 슬픔을 경험해야 했습니다. 그때 제 나이 겨우 이십대 중반이었습니다. 지금 제 자녀들의 나이보다도 어릴 때였습니다. 어린 나이에 제가 느꼈던 절망의 크기는 이루 말로 다 설명할 수 없을 정도였습니다. 하지만 저에게는 저를 믿고 따라 와 준 아내가 있었고, 제가 평생 책임져야 할 자녀들이 곧 생겨났습니다. 그전까지의 삶이 무조건적인 어머니의 사랑으로 살아온 세월이었다면, 그 이후의 삶은 그 사랑의 힘을 온전히 내 가족들에게 쏟아 부으며 살아온 시간이었습니다.

물론 지금까지 살아온 삶의 여정이 순탄하지만은 않았습니다. 때론 너무나 괴롭고 힘든 순간도 많았습니다. 하지만 그 시간들을 버틸 수 있었던 것은 돌아가신 어머니가 제 곁을 지키고 계신다는 믿음 덕분이었습니다. 어머니의 육신은 차가운 땅에 묻혔지만 그 따스한 영혼만은 사라지지 않고 매순간 저를 감싸주셨습니다. 어머니의 사랑은 죽어서도 끝이 나지 않았던 것입니다. 저는 그것을 '기적'이라고 부르고 싶습니다. 그리고 지금부터 그 기적의 이야기들을 여러분께 들려드리려고 합니다.

요즘 세상 살기가 너무 힘들다고 불평하는 분들이 많습니다. 세상이 그만큼 각박해진 것도 사실입니다. 그런 분들에게 저와 저의 어머니의 이야기가 작은 희망의 불씨가 되었으면 좋겠습니다. 자신이 받은 만큼 베풀면서 사는 것, 그것이 이 험난한 세상을 유지하고 지켜나가는 힘이라고 생각합니다. 이것이 인간사의 순리입니다. 별 것 아닌 것 같지만 순리대로만 살면 또 살만한 것이 세상입니다. 이 책이 여러분에게 그런 삶의 의미를 되새길 수 있는 계기가 된다면 더 바랄 것이 없겠습니다.

그동안 저의 곁에서 제가 살아가는 이유가 되어준 사랑하는 가족들에게 이 자리를 빌려 고맙다는 말을 꼭 전하고 싶습니다. 오늘날 제가 있기까지 물심양면으로 도와주신 김신기 원장님 부부께도 감사의 말씀을 전합니다.

마지막으로, 사랑과 희생과 헌신의 가치를 제게 가르쳐주신 그리운 어머니, 당신 영전에 이 책을 바칩니다.

2014년 12월

김응두

차례

3장 어머니의 이름으로

4장 왕궁탑 사모곡

5장 내 삶의 마지막 소명

1장

가슴으로 날 낳으신 어머니

어메 어메 울 어메,
보이는 듯 그 모습이 장대 빗속에 서 있고,
허리 굽은 울 어메는
상추밭에 풀을 메고 흙 묻은 손 어이할까?

다시 불러보는 그 이름,
어머니

　　지금도 47년 전에 돌아가신 어머니의 모습이 손에 잡힐 듯 눈앞에 어른거립니다. 하나밖에 없는 아들인 저를 당신 몸인 듯, 아니 당신 몸보다 더 아끼고 사랑하셨던 어머니. 어머니가 있었기에 저 응두가 지금까지 온전한 한 인간으로서 살아온 것입니다. 이제 그 그리운 이름을 다시 한 번 불러보며, 우리 어머니 그 마음속에 응어리졌던 가슴 아픈 사연을 제가 대신 풀어내 볼까 합니다.

　　우리 어머니는 쉽게 말해 셋째 부인이었습니다. 요즘이야 둘째, 셋째 부인이라고 하면 색안경부터 끼고 보지만 옛날 어머니가 살던 시절에는 있는 집 남자가 부인을 2, 3명씩 데리고 사는 일이 허다했습니다. 우리 어머니 전양녀 씨는 전북 익산 오산면 사절리에서 농사를 크게 지으시던 김태규 씨의 셋째 부인이었습니다.

당시 우리가 살던 마을은 다들 사는 형편이 비슷비슷했습니다. 그런데 아버지는 동네 부자였습니다. 가진 땅도 많아서 아버지 땅에 소작 부치는 동네 사람들도 있었고, 아버지 집에서 머슴살이 하는 사람들도 몇 명 있었습니다. 아버지 집이 그 동네에서 제일 크고 번듯했습니다. 그렇게 형편이 좋으니까 부인도 여러 명 두고 살았던 모양입니다.

어머니가 외가 쪽 이야기는 잘 하지 않으셔서 자세한 사정은 모르지만, 아마도 어려운 가정 형편 때문에 셋째 부인으로 들어오신 게 아닌가 생각합니다. 아버지의 셋째 부인으로 들어가기 전에는 다른 곳에 시집을 가본 적도 없는 처녀였습니다. 먹고 살기 힘든 시절이다 보니 밥이라도 굶지 않고 살려고 부잣집 셋째 부인이 된 것입니다.

얼핏 듣기로는 어머니의 오빠는 만주로 이주를 하셨다고 합니다. 일제강점기 때 먹고 살기 힘든 사람들이 일거리를 찾아 만주로 많이 떠났다고 합니다. 오빠만 간 것인지, 아니면 외가 식구들이 전부 간 것인지 확실하진 않습니다. 분명한 것은 어머니가 왕래하며 지낸 친정 식구가 제 기억 속에는 없다는 것입니다. 어머니는 외가 쪽 이야기를 제게 하시는 일도 없었습니다. 무슨 사연이 있는 것인지 어렸을 때는 미처 생각해보지도 못했고, 커서는 어머니가 말씀해주지 않는 것을 굳이 캐물어 알고 싶지 않았습니다.

생각해보면 어머니는 얼마나 외롭고 힘드셨을까 싶습니다. 아버지와는 나이 차이도 많이 나고, 첫째 부인에 둘째 부인까지 있으니 또 얼마나 눈치를 보며 살았겠습니까. 제가 직접 목격하거나 어머니로부터 들은 적은 없지만, 동네 아주머니가 하시는 말씀을 들어보니 빨래터에서 빨래를 하다가 큰 어머니가 우리 어머니를 빨래방망이로 때린 적도 있었다고 합니다. 그때 어머니는 머리를 다쳐서 피까지 흘리셨다고 합니다. 시집살이보다 더한 것이 첩살이라더니, 우리 어머니 맘고생, 몸 고생이 얼마나 심하셨을까요. 생각하면 제 마음도 좋지 않습니다. 어머니가 저를 키우기 전에는 마음을 못 잡고 몇 번 도망갔다가 잡혀오기도 하셨답니다. 그러다 저를 키우기 시작하면서 딴마음 안 먹고 오로지 저만 보고 사셨습니다.

어머니와 저는 아버지와 같이 살지 않고 옆 동네인 영만리에 따로 나와 3칸짜리 초가집에서 살았습니다. 동네 사람들은 우리 어머니를 아버지가 사는 동네 이름을 따서 사절리댁이라고 불렀습니다. 평소 온순하고 조용하셨던 어머니는 동네에서 성격이 좋기로 유명하셨습니다. 힘들고 아픈 심정을 겉으로 드러내지 못하고 그저 속으로만 삭히셨던 것입니다.

그런데 저는 우리 어머니의 친아들이 아닙니다. 요즘 말로 '가슴으로 낳은 아들'이지요. 아버지와 어머니 사이에는 자녀가 없었습니다. 아버지와 첫째 부인 사이에도 자녀가 없었고, 둘째 부인만 나보다 10살 많은 아들 한 명을 낳은 것을 보니, 아버지 집안이 손이 귀한 집안이었나 봅니다. 20대 꽃다운 나이에, 또래의 여자들은 다 자녀를 낳아 키우며 알콩달콩 사는데, 우리 어머니는 그런 평범한 행복도 누리지 못하고 살았던 것입니다. 그래서 갓 태어난 아이 한 명을 데려다 키우게 되었는데, 그게 바로 저입니다.

어머니는 그렇게 한 생명을 거두어주셨고, 친아들처럼, 아니 그 이상의 정성과 사랑으로 저를 키우셨습니다. 아, 어머니. 그 고마움을 어찌 다 표현할까요. 어머니가 아니었다면 저는 온전히 제 삶을 살 수나 있었을까요. 생각하면 할수록 벅찬 감정을 주체할 수가 없습니다.

지금도 맡아지는
어머니의 살 내음

어머니의 품속은 참 따뜻했습니다. 어린 시절, 추운 겨울 밖에서 놀다가 코가 빨개져서 집에 돌아오면 어머니는 물레질을 하다 말고 저를 한 품에 폭 안아주셨습니다. 얼음장처럼 차가운 광목 이부자리를 체온으로 녹이며 가느다란 어머니 팔을 베고 누워있으면 얼었던 몸이 녹으면서 금방 졸음이 쏟아졌습니다. 저는 어머니 품에 코를 묻고 그 살 내음을 맡으며 살포시 잠이 들곤 했습니다. 문밖에 함박눈이 쌓이고 밤은 깊어가는데, 그 길고 추웠던 겨울밤이 저에게 한 없이 따뜻하게 기억되는 것입니다.

"응두야, 자니?"

어머니의 목소리가 꿈결인 듯 아득하게 멀어집니다. 지금도 꿈결에 문득 어머니의 살 내음이 맡아집니다. 그럴 땐 어머니가 살아서 제 곁에 품을 내어주신 듯한 착각에 빠져들기도 합니다. 그러나 이내 잠에서 깨면 어머니는 간 데 없고, 저는 어느새 어머니가 살아계시던 순간보다도 훨씬 나이가 든 70대 노인의 모습으로 남겨져 있습니다. 그래도 어머니를 생각하면 아직도 철부지 어린아이인 것처럼 마냥 응석을 부리고 싶은 심정입니다.

그런 어머니와 저는 피 한 방울 섞이지 않았습니다. 그렇다고 어머니와 저와의 관계가 달라지는 것은 없습니다. 우리가 세상에 둘도 없는 모자지간이라는 것은 변치 않는 사실이며, 그 어떤 생물학적 관계보다도 더 끈끈하고 애틋한 정으로 연결된 사이라고 자부합니다.

어릴 때 저는 제 출생의 비밀에 대해서 전혀 몰랐습니다. 어머니는 물론이고 아버지 식구들도 제게 아무런 내색을 하지 않았습니다. 저는 그저 나는 왜 엄마가 셋이나 될까, 왜 우리 엄마와 나는 아버지 집에서 같이 살지 않고 따로 떨어져 살까 그게 궁금할 뿐이었습니다. 그것도 아주 어렸을 때는 자각을 못하다가 학교에 다니기 시작하면서 우리 집이 다른 집과 다르다는 것을 알게 되었습니다.

그런데 그것보다 더 충격적인 일이 있었습니다. 학교 친구들이 저를 보고 주워온 아이라고 하는 겁니다. 저는 처음엔 그게 무슨 뜻인지 몰랐습니다. 그런데 아이들이 동네 어른들이 수군거리는 소리를 들었는지 자꾸 그 얘기를 했습니다. 시골에서는 옆집에 숟가락이 몇 개인지 다 알 정도로 사정이 빠삭하다보니 비밀

이 없었습니다. 제가 주워온 아이라는 사실은 저만 모르는 공공
연한 비밀이었던 것입니다.

"나 주워온 아이 아니야!"

저는 화가 나서 소리를 질렀습니다.

"우리 엄마가 그랬어. 너 주워온 애라고. 너희 엄마한테 가서 물
어봐."

아이들은 참 잔인합니다. 어쩌면 그런 소리를 아무렇지도 않게
하는지요. 물론 그게 다 이것저것 재지 않는 순진함 때문이라는
걸 지금은 압니다. 하지만 그때는 그 말이 제게 얼마나 상처가 되
었는지 모릅니다. 저는 그날 울면서 집에 갔습니다. 집안일을 하
고 계시던 어머니는 울면서 들어오는 저를 보고는 깜짝 놀라 무
슨 일이냐고 물으셨습니다.

"어메, 나 주워왔어?"

"어떤 놈이 그런 맥없는 소릴 해? 넋 빠진 놈들이 우리 웅두
놀리려고 그랬구먼."

어머니는 그렇게만 말씀하시고 넘기셨습니다. 달리 물어볼 사람
도 없고 어머니가 그렇다니 그런 줄 알았습니다. 하지만 다음 날
학교에 가도 아이들의 놀림은 그치지 않았습니다. 어머니의 말을
믿고 싶었지만 그럴 수 없었습니다. 그래도 어머니에게 다시는 내
가 주워온 아이냐고 묻지 않았습니다. 왠지 그러면 안 될 것 같
았습니다. 어머니 입에서 "그래, 너는 내 친아들 아니다."라는 말
이 나올까봐 두려웠던 것 같습니다.

그렇게 초등학교 때 제가 어머니의 친아들이 아니라는 사실을 알게 되었습니다. 그러나 인정하고 싶지는 않습니다. 어머니가 말씀해주지 않는 이상 저도 아니라고 믿고 싶었습니다. 그런데 어느 순간부터 제 마음속엔 커다란 대못 하나가 박혀 들게 되었습니다. 그 대못이 수시로 제 마음의 상처를 찔러댔고, 그럴수록 저는 점점 거친 아이가 되어갔습니다.

마음의 상처로 방황하던 시절

　　동서고금을 막론하고 어머니의 사랑을 표현한 많은 말들이 있습니다. 그러나 과연 그 깊은 사랑의 크기를 온전히 표현할 방법이 정말 있기는 한 것인지 저는 잘 모르겠습니다. 그저 이 세상에 하느님의 사랑과 같은 절대적인 권위를 부여받은 사랑이 있다면, 그것은 어머니의 사랑이 아닐까 생각해봅니다. 하느님이 세상의 모든 곳에 함께 할 수 없기 때문에 어머니라는 존재를 만들었다는 말도 있지요? 어떤 의미에서 어머니라는 존재는 그 자체로 하나의 종교가 아닐까 합니다. 특히 저에게는 더욱 그랬습니다.

　흔히들 어미가 제 뱃속으로 낳은 자녀에게 무한한 애정을 쏟는 것을 본능이라고 이야기합니다. 그런데 우리 어머니는 저를 직접 낳지도 않았으면서 어떻게 그런 사랑과 지극정성을 보여줄 수 있으셨을까요? 그래서 저는 우리 어머니의 사랑이 더욱 위대하게 느껴집니다. 인간의 본능을 뛰어넘는 초월적인 힘이라고 생각합니다.

오로지 저 하나만 바라보고 사신 어머니, 어머니에겐 제가 유일한 삶의 희망이셨습니다. 그래서 그 희망인 제 앞에서는 '힘들다'는 소리 한 번 안 하셨습니다. 그런 어머니를 봐서라도 제가 공부도 더 잘하고 말썽도 피우지 말았어야 했는데 그러질 못했습니다.

아버지라는 사람은 일주일에 한 번 정도 우리 집에 오는데, 저를 살갑게 대해주신 적이 없습니다. 어머니가 아이를 데려다 키운다니까 정붙여 의지해 살라고 그랬는지 반대하지는 않았지만, 그렇다고 아버지 당신의 사랑까지 나누어줄 생각은 없으셨던 모양입니다. 어머니도 그것까지 바라지는 않으셨을 겁니다.

생각해보면, 제가 아버지의 친아들이 아니라는 사실을 알기 전에도 아버지가 저를 대하시는 태도가 형을 대하는 것과는 많이 다르다는 것을 알고 있었습니다. 그냥 말 한마디, 얼굴 표정도 달랐고 하다못해 밥상에 올라오는 반찬도 달랐습니다. 저는 그것이 형이 나보다 나이도 많고 둘째 큰어머니 아들이라서 그런가보다 하고 생각습니다. 그런데 나중에 알고 보니 그런 사정이 있었던 것입니다. 셋째 부인의 아들인 것도 서러울 일인데 주워온 아이라니요.

어쨌든 호적상으로 저는 아버지 김태규 씨의 아들이었지만, 저를 키우고 교육시키는 일은 온전히 어머니 혼자 해결해야 할 몫이었습니다. 어머니는 아버지한테 따로 생활비를 받아쓰지 않고 큰집 집안일과 농사일을 도우면서 품삯을 받았고, 그걸로 우리 두 식구가 먹고 살았습니다. 가끔은 동네에서 삯일을 받기도 했습니다. 제 학비는 그렇게 어머니가 일을 해서 번 돈으로 충당했습니다. 당시엔 학교에 월사금이라는 것을 가져다 냈는데, 형편이 어려워 월사금을 못 내서 벌을 서는 아이들도 많았습니다. 그러나 저는 한 번도 월사금 때문에 고생한 기억이 없습니다. 어머니가 어떻게든 월사금이 밀리지 않도록 애쓰신 덕분이었습니다.

저는 오산면에 있는 오산초등학교를 다녔습니다. 집에서 1km 정도 되는 거리를 걸어서 다녔습니다. 당시 동네 친구들도 다 같은 학교를 다녔습니다. 공부는 잘하지도 못하지도 않고 그냥 딱 중간 정도였습니다. 사실 학업에 큰 관심도 없었습니다. 어쩌다 '주워온 아이' 소리만 들리면 참지 못하고 싸움질을 했습니다. 동네에서 아이들끼리 싸움이 붙으면 형제들이 함께 맞서 싸워주곤 했는데 저에게는 그런 형제도 없었습니다. 학교 어메라고 부르던 둘째 큰어머니 아들인 형과는 나이 차이도 많이 났지만 서로 챙길 만큼의 정도 없었습니다.

그래서 저는 외로웠습니다. 아니, 외로움보다는 알 수 없는 분노가 어린 제 마음에서 자라고 있었습니다. 누구를 향한 분노인지 실체는 분명치 않았지만 시간이 흐를수록 저의 반항기는 더욱 커졌습니다. 초등학교를 졸업하고 저는 익산 시내에 있는 이리

중학교에 입학했습니다. 중학생이 되어 사춘기에 접어든 저는 가슴에 불덩이를 안고 살아가는 기분이었습니다. 어떻게든 그 기운을 발산해야 했습니다. 그래서 툭하면 친구들과 주먹다짐을 하기 일쑤였습니다. 그래도 맞고 다니지는 않았습니다. 어릴 때부터 운동을 열심히 해서 또래보다 덩치도 크고 힘도 아주 좋았습니다. 학교든 동네든 가리지 않고 시간이 날 때마다 철봉을 하거나 역기를 들면서 운동을 했습니다. 나중에는 익산 시내로 나가서 태권도와 유도를 1~2년 정도 배우기도 했습니다. '나는 항상 혼자다'라는 생각이 더 강해지고 싶다는 욕구를 자극했습니다. 몸이 워낙 좋으니까 겁도 없었습니다. 동기들은 물론이고 저보다 나이 많은 형들과 싸워도 저를 당할 사람이 없었습니다.

그런데 그렇게 싸움을 하고 다니니까 어머니가 많이 속상해하셨습니다.

그러던 어느 날, 또 친구들과 싸우고 집에 들어간 저를 앉혀놓고 어머니가 처음으로 큰 소리를 치며 혼내셨습니다.

"너 정말 이렇게 싸움질하고 다닐래?"

"……"

"응두야, 네가 자꾸 그러면 이 어메는 죽는다. 네가 속을 썩여서 못살겠다."

그러더니 몸뻬바지 끈으로 당신의 목을 조르시는 것이었습니다. 저는 깜짝 놀라서 어머니를 말리며 싹싹 빌었습니다.

"어메, 내가 잘못했어. 죽긴 왜 죽어."

저는 너무 무섭고 죄송해서 그만 엉엉 울고 말았습니다. 평소 힘들다는 내색 한 번 잘 안 하던 어머니가 그런 극단적인 행동을 하시는 걸 보니 저 때문에 정말 속상하셨던 모양입니다.

그러나 그런 일을 겪고 나서도 저는 크게 달라지지 않았습니다. 어머니에게는 너무 죄송했지만, 가슴에 맺힌 울분은 쉽게 사라지지 않았습니다. 그런 저를 어머니도 결국 어떻게 하지 못하고 그냥 내버려두셨습니다. 어머니는 제 스스로 현실을 이해하고 받아들이기를 바라셨지만, 그런 어머니의 마음을 다 헤아리기엔 그땐 제가 너무 어렸습니다.

그 시기에 저를 더욱 힘들게 하는 일이 있었습니다. 제가 이리중학교 2학년에 다니고 있을 때쯤 친형이라는 사람이 학교로 저를 만나러 찾아온 것입니다. 같은 학교 친구 중에 그 친형이라는 사람과 개인적으로 알고 지내는 친구가 있었는데 그 친구를 통해 말을 전해왔습니다.

"응두야, 너희 친형이 너를 만나보고 싶다는데 한 번 만나볼래?"

"친형? 난 그런 거 모른다."

"그러지 말고 한 번 만나보지 그래? 너는 너희 친부모가 어떤 사람인지 궁금하지 않아?"

"아니, 전혀."

정말로 저는 하나도 궁금하지 않았습니다. 제가 한사코 알고 싶지 않다고 하는데도 친구가 그 집에 형이 3명이 있고 누나가 1

명 있다고 얘기해주었습니다. 어차피 의미 없는 얘기였습니다. 그 집에 형제가 몇 명이든 저와는 상관없었습니다. 그런데 그렇게 거절을 했는데도 그 친형이라는 사람이 저를 보겠다고 찾아와서 학교 가는 길에 도망친 일도 있었습니다. 자꾸 그런 일이 반복되다보니 학교를 가는 것 자체가 싫어졌습니다.

가끔 언론을 통해 해외로 보내진 아이들이 어른이 되어 고국에 들어와 자신을 버린 친부모를 찾는다는 이야기를 보게 됩니다. 자기 자신의 근본을 알고자 하는 열망이 그런 일을 가능하게 하는 것일까요? 아무리 자신을 낳아준 사람이라도 결국 자신을 버린 사람인데, 그들을 만나서 무슨 이야기를 듣고 싶은 것일까요? 자신을 버린 이유를 알고 싶은 것일까요? 미안하다는 사과를 받고 싶은 것일까요? 저는 같은 입장이지만 그런 심리를 잘 이해하지 못하겠습니다. 그쪽 집에서도 무슨 사정이 있으니 저를 보냈겠지요. 하지만 그 사정을 안다고 해서 상황이 달라지는 것은 없지 않습니까? 어머니가 제대로 말씀을 안 해주시니 한 번쯤은 확인하고 싶은 마음도 있었지만, 어쩐지 친형제를 만난다는 것 자체가 어머니를 배신하는 것 같아 싫었습니다.

결국 나중에 어른이 되어서 딱 한 번 그 친형이라는 사람을 만났습니다. 어머니가 돌아가시고 20년 정도 지난 뒤였습니다. 만나기로 한 전날 저는 어머니 무덤에 찾아갔습니다. 그리고 어머니에게 말했습니다.

"어메, 형이라는 사람이 보자는데 딱 한 번만 만날게. 서운하게 생각하지 마. 그냥 내가 알고 있는 게 사실인지만 확인할 거야."

그러고 나서 익산 시내의 한 다방에서 그 사람을 만났습니다.

"응두야, 이렇게 널 만나는구나."

그러면서 제 손을 붙잡고 우는 것이었습니다. 저는 마음이 불편했지만 그 형이라는 사람이 해주는 이야기를 조용히 들었습니다.

"내가 엄마를 매일 따라다녔는데, 그날은 엄마가 아기를 낳는다고 방에 못 들어오게 하더라. 그러더니 혼자 방에 들어가 너를 낳다가 우리 엄마가 죽었다. 너는 우리가 너를 버렸다고 원망할지 모르겠지만, 우리도 그 후로 엄마를 잃고 힘들게 살았다. 그 이후로는 한 번도 엄마를 불러보지 못했어. 그때 우리는 너를 키울 형편이 아니었지. 그런데 너희 어머니가 어떻게 소문을 듣고 왔는지 우리에게 쌀 한 말을 주고는 앞으로 이 아이를 찾지 않는다는 각서를 받고 너를 데려갔지. 우리 아버지가 새끼 팔아먹은 것 같다고 무척 마음 아파하셨다. 너희 엄마는 우리 보고 너를 다시는 찾지 말라고 했지만 우리는 그럴 수가 없었다. 그래서 학교로 찾아갔던 건데 네가 안 만나주니까 나도 어쩔 수 없었지."

그리고는 지금껏 자기네가 얼마나 힘들게 살아왔는지 이야기하려고 했지만 나는 그것까지 알고 싶지는 않았습니다. 궁금한 것이 있으면 물어보라고 했지만 묻고 싶은 것도 없었습니다. 갈빗집에서 소주 한 잔 대접해드리고 나오는데 그쪽에서 이제 우리 어머니도 안 계시고 하니 자주 만나자고 하더군요. 그 말을 우리 어머니가 들을까 무서웠습니다.

"그런 말씀 마세요. 아무리 울 엄니가 돌아가셨어도 저는 배신 못해요. 전 울 엄니 새끼예요. 그러니 앞으로 연락하지 마세요. 오늘이 마지막입니다. 안녕히 가세요."

저는 분명히 말하고 돌아왔습니다.

"참 매정한 놈, 네가 돈 좀 벌더니……."

어쩌면 그 형이라는 사람은 제가 돈 좀 벌더니 피붙이도 모르고 불쌍한 놈이라고 생각할지도 모르겠습니다. 그렇게 생각해도 상관은 없습니다. 그래도 바람이 있다면 동생이라는 놈이 안 죽고 잘 살고 있구나, 그 정도라도 생각해주면 좋겠다고 말씀드렸어요.

그 후로 저도, 그 형이라는 사람도 서로를 찾지 않고 지금까지 살고 있습니다. 외롭게 자랐는데 형제가 그립지 않느냐고 하는 사람도 있지만, 저는 지금까지 살아온 제 삶에 만족하고 형제들을 찾지 않은 것에 후회도 없습니다. 그저 우리 어머니의 유일한 아들로서 살 수 있어서 행복했고, 앞으로 남은 삶도 그렇게 살고 싶을 뿐입니다.

어머니의 눈물은 노래가 되어

석탄 백탄 타는 것은 연기가 뽕뽕 나는데
이내 가슴 타는 것은 연기도 나지 않는다

평소 말수가 적으시던 어머니는 동네 아낙들과 왁자지껄 길
게 수다를 떠는 일도 없었습니다. 그래도 가끔씩 어울려 놀 때
는 '백탄가'의 한 자락을 흥얼흥얼 부르곤 하셨습니다. 원래 백탄
가는 일제강점기에 국내 탄광 근로자들이 일본 탄광으로 일하러
갈 때 남편을 떠나보내는 아내들 사이에서 불리던 구전가요라고
합니다. 그런데 이 노래가 퍼져서 일반 아낙들 사이에서도 유행을
했던 모양입니다. 고된 노동에 지친 아낙들이 자신의 신세를 한
탄하며 부르는 노래가 된 것이지요.

어머니는 노래를 잘 부르는 편은 아니었지만 구성진 가락이 어

린 제 귀에도 꽤나 차지게 붙었습니다. 석탄, 백탄은 탈 때 연기라도 나지만 어머니의 새까맣게 탄 속은 겉으로 티도 나지 않았습니다. 그런 답답한 심정을 노래라도 불러서 달랬을 어머니의 심정을 그때는 미처 헤아리지 못했습니다. 어머니는 술은 안하셨지만 가끔 담배를 피우셨습니다. 당시에는 봉초라고 담뱃잎을 잘게 썬 담배가루를 곰방대에 넣어 피우거나 종이에 말아서 피웠는데, 어머니가 종이에 담배를 말아 피우는 모습을 종종 볼 수 있었습니다. 연기도 없이 타들어가는 가슴의 답답함을 담배연기로 날려 보내셨던 겁니다.

어머니와 제가 살던 3칸짜리 초가집에는 방이 두 개가 있었습니다. 평소 때 저는 어머니와 한 방에서 잤습니다. 다 커서 결혼하기 전까지 어머니 품속에서 잠이 들곤 했습니다. 단, 아버지가 집에 오시는 날에는 어머니와 한 방에서 잘 수가 없었습니다. 그래서 저는 아버지가 집에 오는 날이 싫었습니다. 어머니에게 아버지는 어떤 존재였을까요? 그때는 미처 그런 생각을 못했습니다. 아버지가 다녀가시면 어머니 기분이 어떤지 눈치도 살피고 그랬어야 했는데, 제가 무딘 것인지 그런 것을 잘 몰랐습니다. 어머니와 아버지는 9살 정도 차이가 났습니다. 나이 많은 남자의 셋째 부인이면서도 식모처럼 살았는데 그 남자를 사랑했을까요? 모르겠습니다. 제 느낌은 그냥 의무감 같은 것이 아니었을까 싶습니다. 물론 살다보니 정도 들었겠지만 한 여자로서 한 남자를 사랑한다는 느낌은 분명 아니었던 것 같습니다. 어쩌면 그런 감정 따위는

지금도 보고 싶은 우리 어메

진작 포기하고 사셨는지도 모릅니다. 체념에 가까운 심정이었겠지요.

전기도 없던 그 시절, 늦은 밤까지 호롱불 아래서 삯바느질을 하던 어머니 옆에 누워 두런두런 이야기를 나누던 기억이 납니다. 지금은 시간이 너무 흘러서 그때 무슨 이야기를 나누었는지 잘 생각나지 않지만, 세상에 둘도 없는 모자간의 가장 행복한 시간들이었던 것만은 분명합니다. 어머니는 제게 공부 열심히 하라는 말씀도 하시고, 또 제가 커서 어떤 사람이 되었으면 좋겠다는 바람 같은 것도 말씀하셨던 것 같은데 다 까먹었습니다. 어쩌면 어머니 바람대로 살지 못한 죄송한 마음에 일부러 그런 기억은 다 지워버렸는지도 모르겠습니다. 자녀 된 도리로 부모님이 원하는 삶을 사는 것만큼 큰 효도가 없을 텐데, 저는 그러지 못했으니 불효자도 이런 불효자가 없습니다.

저는 중학교 졸업 후 고등학교에 진학하지 않고 곧바로 아버지가 계시는 큰집에 가서 일을 돕기 시작했습니다. 처음부터 학교에 가지 않으려고 한 것은 아니고 입학시험까지 봤는데, 갈 수 없는 사정이 생겼습니다. 당시 우리 어머니가 저를 고등학교에 보내려고 어려운 형편에 한 푼 두 푼 모아 학비를 마련해놓았는데, 어느 날 둘째 큰어머니가 와서 그 돈을 빌려갔습니다.

"형님, 그 돈 우리 응두 고등학교 보낼 돈이에요. 아시죠?"

"이 사람아, 내가 그 돈 떼어먹을까 그러나? 참 야박하게 구네, 그 사람."

그러고 나서 시일이 지나도 학교 어메라 불리는 둘째 큰어머니가 돈 갚을 생각을 안 하니까 우리 어머니 속만 또 까맣게 타들어 갔습니다. 어쩌다 말이라도 꺼낼라 치면 고까운 소리로 속을 긁으니 벙어리 냉가슴 앓듯 할 수밖에 없었습니다. 결국 저는 시험 결과는 보지도 않고 입학을 포기해버렸습니다. 어차피 붙어도 학비가 없으면 말짱 헛일이었으니까요.

"미안하다, 응두야. 어메가 못나서 너 고등학교도 못 보내고."

"어메 때문에 못 가는 게 아니라 내가 안 가는 거야. 그러니까 그런 소리하지 마."

어머니 마음을 풀어드리려고 그렇게 말한 것도 있지만 사실 학교에 가고 싶은 마음도 별로 없었습니다. 학교 친구들이 '주워온 아이'이라고 놀리는 것도 싫었고, 친형이라는 사람이 자꾸 찾아오는 것도 싫었습니다. 어차피 공부에도 관심이 없었기 때문에 학교를 못 가게 되어도 그리 서운하지 않았습니다. 다만 우리 어머니 마음에 상처를 준 큰집 식구들도, 그런 상황을 만들어놓고도 모른 척하는 아버지도 다 미웠습니다.

그래도 아버지가 시키는 일은 한 마디 불평 없이 열심히 했습니다. 아버지나 큰집 식구들에게 싫은 내색을 했다가 괜히 우리 어머니 입장만 곤란해질까 걱정이 되었기 때문입니다. 실제로 제가 큰집에 일을 하러 안 가면 저를 혼내는 것이 아니라 아버지가 어머니를 잡아먹을 듯이 나무라셨습니다. 제가 어쩌다 몸이 아파서 누워있기라도 하면 아버지 등살에 어머니가 죽어났습니다. 그러니 저는 맘 편히 아플 수도, 일하기 싫다고 꾀를 부릴 수도 없었습니다. 아버지가 저를 직접적으로 혼내신 적은 없었습니다. 하지만 아버지가 어머니를 혼내는 모습이 제겐 너무나 무섭게 느껴졌습니다.

말이 좋아 일을 돕는 것이지 머슴살이와 다를 것이 없었습니다. 아버지는 중학교를 갓 졸업하고 16살 정도밖에 안 된 저에게 다른 머슴들하고 똑같이 일을 시켰습니다. 물론 운동으로 다부지게 몸을 만들어 놓은 덕분에 나이는 어려도 웬만한 장정 한 명의 몫은 거뜬히 해낼 수 있었습니다. 그래도 농사일이 여간 힘든 것이 아니어서 도망가고 싶을 때가 한두 번이 아니었습니다. 그땐 정말 틈만 나면 속으로 혼자 도망갈 궁리를 했던 것 같습니다. 무작정 기차를 타고 서울로 갈까도 생각했습니다. 서울에 아무런 연고도 없었지만, 오히려 나를 아는 사람이 아무도 없는 곳에 가서 셋째 부인 아들이니 주워온 아이니 하는 족쇄를 던져버리고 홀가분하게 새로 시작하고 싶었습니다. 서울이 아니어도 좋았습니다. 그저 이 동네만 뜰 수 있다면 어디든 상관없었습니다. 어디든 가서 지금처럼만 일하면 밥을 굶고 살지는 않을 것 같았습니다.

하지만 저는 도망갈 수가 없었습니다. 하루에도 수십 번씩 도망가야지, 도망가야지 생각했지만 결국 포기하고 말았습니다. 어머니의 얼굴이 눈앞에 어른거려서 그럴 수가 없었습니다. 제가 도망가면 아버지가 우리 어머니를 얼마나 힘들게 할지 뻔했습니다.

그렇게 하루 종일 힘들게 큰집 농사일을 하고 해가 지기 전에 서둘러 집으로 향했습니다. 그래도 저의 유일한 위안은 어머니였습니다.

집으로 가는 길에 지게를 지고 동네 뒷산으로 가서 땔감을 한 짐씩 해오곤 했습니다. 그때는 아궁이에 나무로 군불을 때서 난방도 하고 밥도 짓던 시절이라 땔감이 꼭 필요했습니다. 집에 남자가 저밖에 없다보니 지게 지는 일은 진작부터 제가 할 일이었습니다. 땔감 지게를 지고 집에 가면 어머니가 작은 우물가에서 등목을 해주셨습니다. 지게질로 벌겋게 자국이 남아 있는 어깨로 찬물을 부으며 등을 밀어주셨습니다. 농사일 하느라 여기저기 멍도 많았습니다. 아들의 몸에 있는 멍든 자국에 가슴 아프지 않을 어미가 어디 있겠습니까. 그래도 어머니는 슬픈 내색은 안 하시고 애써 웃으며 말씀하곤 하셨습니다.

"우리 응두 등에다가 콩을 한 말은 심어도 되겠다."

만날 말썽만 피우는 아들이 어머니의 눈에는 그래도 예뻐 보였나 봅니다. 우리 속담에 '고슴도치도 제 새끼는 함함하다고 한다'는 말이 있지요? 털이 바늘같이 꼿꼿한 고슴도치도 제 새끼의 털이 부드럽다고 옹호한다는 뜻이랍니다. 어쩌면 그 당시 저는 가시 돋친 고슴도치 새끼 같았는지도 모릅니다. 여전히 가슴속에는 응어리진 분노가 가득했고, 가시처럼 그 분노를 세상에 표출하고 있었습니다. 그래도 어머니는 그런 저를 믿고 따뜻하게 감싸주셨습니다.

그렇게 아버지 밑에서 머슴살이를 하던 시절에 제가 사고를 한 번 크게 쳤습니다. 그날은 아버지가 소를 데리고 나가 풀을 뜯어 먹이라고 했습니다. 그래서 소를 몰고 들에 나가 풀을 먹이고 있었습니다. 그때 중학교 동창 3명이 지나가는 것이 보였습니다. 그 친구들은 모두 군산에 사는 친구들이었고 군산에 있는 고등학교에 진학을 했습니다. 그런데 저를 보더니 저희들끼리 쑥덕거리다가 웃는 것이었습니다. 어쩐지 주워온 셋째 부인 아들이 이제 머슴살이까지 한다고 놀리는 것만 같았습니다. 저는 순간 화를 참지 못하고 그 친구들을 흠씬 두들겨 패주었습니다. 자기들끼리 뭐라고 쑥덕대든지 그냥 무시해버렸으면 될 텐데 괜한 자격지심에 일을 저지르고 만 것입니다.

그런데 막무가내로 달려들어 들이박을 때는 몰랐는데, 나중에 보니 녀석들 중에 한 놈의 이가 나갔던 모양입니다. 저는 그것도 모르고 혼자서 씩씩대던 분을 삭이며 집으로 갔습니다. 그리고 잠시 후에 경찰이 집에 찾아왔습니다. 이가 나간 녀석이 신고를 한 모양입니다. 저는 본능적으로 어머니의 눈치를 살폈습니다. 어머니는 표정이 굳어지시더니 낮은 목소리로 말씀하셨습니다.

"응두야, 넌 나오지 말고 방에 있어라."

저는 몹시 불안했습니다. 아무 생각 없이 저지른 일이 이런 결과를 가져올지는 꿈에도 생각하지 못했습니다. 집에 경찰까지 찾아오게 만들다니 어머니 볼 면목이 없었습니다. 결국 합의해주네, 안 해주네, 난리를 치다가 치료비를 물어주는 것으로 정리가 되었습니다. 그런데 우리 집에 그런 목돈이 있을 리가 없었습니다. 어머니는 할 수 없이 동네에 돈을 빌리러 다니셨습니다. 그때가 아마 보리가 막 나기 직전이었을 겁니다. 어머니는 보리가 나면 그걸 팔아서 갚겠다고 하고 어렵게 돈을 구해오셨습니다. 보릿고개라는 말이 있을 정도로 어려운 시절이었는데, 그 귀한 보리 값을 잡히고 제 합의금을 마련하신 겁니다.

제가 어릴 때부터 학교나 동네에서 친구들과 주먹다짐을 여러 번 했어도 이렇게 큰 사고가 난 것은 그때가 처음이었습니다. 당황스럽기도 하고, 어머니께 너무 죄송하기도 해서 몸 둘 바를 모르겠더군요. 돈도 돈이지만 어머니가 얼마나 속상하셨을까 생각하면 지금도 후회가 됩니다.

다음날 저녁, 아버지가 집에 오셨습니다. 저는 괜히 아버지 얼굴 보기가 민망하여 제 방에서 나가지도 않고 가만히 있었습니다. 그랬더니 아버지는 제가 집에 없는 줄 아셨는지 어머니에게 큰 소리로 호통을 치며 이렇게 말씀하시는 것이었습니다.

"죽을 놈 데려다 살려 놓으니 사고만 치네. 이래서 머리 검은 짐승은 거두는 게 아니라고 하는 거지. 배은망덕한 놈 같으니라고."

친구들이 한 말이 전부 사실이었다는 것을 다시 한 번 확인하는 순간이었습니다. 아버지도, 큰어머니도, 형도 나와는 아무 연관 없는 사람들이었던 것입니다. 내심 누군가 아니라고 말해주길 바랐는데, 이렇게 욕까지 들으면서 확인을 하니까 참으로 비참했습니다. 당시에는 몰랐지만 아버지가 하신 말씀을 옆에서 들었을 어머니를 생각하면 가슴이 아파옵니다. 얼마나 어머니가 슬퍼하셨을까요.

　예민한 청소년 시기에 제 출생에 대한 비밀을 알게 되어서 정신적으로 많이 힘들었습니다. 당시엔 제가 아직 철이 없었고, 처지에 대한 불만으로 가슴에는 불덩이가 가득했습니다. 그러다보니 잘난 놈들은 다 죽이고 싶은 심정이었고, 틈만 나면 싸움질을 해댔습니다. 제가 그럴수록 어머니가 더 욕을 먹는다는 것을 알고 있었지만 자제가 되질 않았습니다. 그래도 어머니가 보리 값을 담보로 돈을 빌려 합의를 본 사건 이후로 더 큰 사고는 저지르지 않았습니다. 싸움을 하더라도 요령이 생긴 것이라 그런 것인지도 모르겠습니다. 아무튼 제가 아주 엇나가지 않고 무사히 성인이 될 수 있었던 것은 오로지 어머니의 지극한 사랑 덕분이었습니다.

어머니란 이름의 사랑과 희생

셰익스피어라는 서양 작가가 '여자는 약해도 어머니는 강하다'는 명언을 남겼다지요? 여자는 어머니가 되는 순간이 세상에서 가장 강하고 숭고한 존재가 되는 것이 맞는 것 같습니다. 멀리 갈 것도 없이 지금 여러분의 어머니를 보면 알 수 있을 것입니다. 차가 달려오고 건물이 무너지는 위급 상황에서 자신의 아이를 보호하기 위해 초능력을 발휘했다는 이야기가 아니더라도, 어머니라는 이름으로 자기 아이를 위해 희생하고 넘치는 사랑을 나누어주는 일 자체가 세상의 모든 자녀들에게 매일매일 일어나는 작은 기적입니다.

전쟁 통에 자신의 한 벌 남은 옷을 팔아 자녀들을 먹이고 거적때기를 입고 피난길에 나섰다는 어느 어머니의 이야기를 들은 적이 있습니다. 우리 마을에도 전쟁의 화마가 지나가기는 했지만 다행히 피난을 가지 않고 살던 터전을 지킬 수 있었습니다. 그러나 안 그래도 살기가 팍팍하던 농촌 마을은 더욱 살기 힘들어졌습니다. 그래도 우리는 큰집이 농사를 크게 지으니까 그 집 일만 해도 밥을 굶지는 않았습니다. 그렇다고 식량이 요즘처럼 풍족하던 시절이 아니라 겨우 요기만 하는 수준으로 배를 채웠습니다.

큰집에서 일을 하다가 때가 되면 밥을 주는데, 둘째 큰어머니 아들인 형하고 같이 앉아서 밥을 먹을 때가 제일 서러웠습니다. 나보다 10살 정도 많았던 형은 당시 이미 장가를 들어서 형수가 밥상을 차려줬습니다. 그런데 나는 꽁보리밥을 주고 형 밥은 위만 보리밥으로 덮어놓고 속은 흰쌀밥을 담아주는 것이었습니다. 〈콩쥐팥쥐〉 같은 전래 동화에나 나올 법한 일이었습니다. 형은 힘든 농사일은 손도 안 대고 나만 힘들게 일하는데 밥까지 이렇게 차별해서 주니까 화가 났습니다. 하루는 내가 참다 참다 막 짜증을 내면서 따졌습니다.

"형수님, 내가 이 집에서 머슴처럼 일한다고 정말 머슴인 줄 아세요? 아니 설사 머슴이라고 쳐도 밥은 제대로 줘야 일을 하죠. 왜 형은 흰쌀밥 주고 나만 꽁보리밥 주는데요?"

그러자 형수 얼굴이 벌겋게 되어 가지고는 뭐라 변명도 못하고 부엌으로 도망을 치는 것이었습니다. 형은 또 버릇없이 형수한테 대든다고 뭐라고 하고, 성질 같아서는 당장 밥상을 뒤엎고 싶었지만 괜히 우리 어머니한테 불똥이 튈까봐 참았습니다. 사실 첫째 큰어머니나 둘째 큰어머니가 저에게 직접적으로 뭐라고 했던 기억은 별로 없습니다. 형이 우리 집에 와서 함부로 한 적이 있고, 저도 형에게 혼이 난 적도 있었지만 나이 차이가 많이 나다보니 싸우거나 그런 적은 없었습니다. 오히려 제가 형님으로 잘 모시려고 했습니다. 그런데 아버지가 형과 저를 너무 차별하니까 가끔은 참기 힘들 때도 있었습니다. 그럴 때면 괜한 분풀이를 동네 친구들에게 하기도 했습니다.

집에 돌아오면 허기가 져서 또 밥을 먹었습니다. 안 그래도 한참 먹을 때라 돌아서면 배가 고팠습니다. 그런데 서러운 눈칫밥까지 먹으니 더 배가 고픈 것 같았습니다. 눈칫밥은 아무리 먹어도 배가 안 부르다는 말이 그냥 나온 말은 아닌 듯합니다. 어머니랑 먹는 밥은 꽁보리밥에 실가리(시래기) 된장국 한 가지만 있어도 맛만 좋았습니다.

한번은 어머니랑 밥을 같이 먹는데, 그날따라 허기가 져서 밥을 허겁지겁 퍼먹었습니다.

"체할라, 천천히 먹어."

그러나 저는 천천히 먹을 새도 없이 금방 밥 한 그릇을 뚝딱 해치웠습니다. 그래도 양이 안 차서 입맛만 다시고 있는데 어머니 밥그릇에 아직 밥이 많이 남아있는 것이 보였습니다.

"어메, 나 물 좀 줘."

저는 일부러 물을 떠다달라고 하고는 어머니가 부엌으로 나가신 사이에 어머니의 남은 밥을 냉큼 한 숟갈 훔쳐 먹었습니다. 그런데 물을 떠가지고 들어오시던 어머니가 갑자기 배가 아프다면서 밥을 더 못 먹겠다고 하면서 도로 밖으로 나가셨습니다. 저는 어머니가 남긴 밥을 신나서 다 먹어버렸습니다. 그때는 몰랐는데 나중에 생각해보니 어머니가 저 먹으라고 일부러 배가 아프다고 거짓말을 하신 것이었습니다. 어머니도 하루 종일 일을 하시는데 배가 왜 고프지 않으셨겠습니까. 그런데도 저를 더 먹이시려고 당신은 생배를 곯으신 것입니다. 저는 그런 어머니 마음도 헤아리지 못하고 어머니의 밥을 훔쳐 먹을 생각을 했으니, 그땐 제가 정말 철이 없었던 것이지요.

제가 하도 밖에서 싸우고 다니니까 어머니도 포기를 하시고 다치지만 말라고 하셨습니다. 그런데 제가 웬만하면 싸움에서 지는 경우가 없지만 간혹 밀리는 날이 있습니다. 그런 날에는 괜히 어머니께 어리광을 부리기도 했습니다.

"어메, 오늘은 어떤 놈에게 졌어. 힘이 떨어진 거 같아. 닭 한 마리 먹어야겠어."

그러면 어머니는 없는 살림에 닭을 잡아주셨습니다. 몸이 좋은 시절이라 그 몸을 유지하려면 단백질 보충이 주기적으로 필요하긴 했습니다. 어머니는 닭을 삶아서 먹으라고 놓아주시고는 슬쩍 밥상에서 물러나 앉으셨습니다.

"어메도 같이 먹어."

"어메는 닭 먹으면 몸에 두드러기가 나서 안 먹는다. 너나 많이 먹어. 나가서 기운 쓰려면 많이 먹어야지."

닭을 먹으면 두드러기가 난다는 건 다 거짓말이었습니다. 아침에는 닭 머리며 날개 등을 모아 끓여서 같이 먹고도 멀쩡했는데 무슨 두드러기가 나겠어요. 닭 한 마리 잡아서 어머니까지 먹으면 제 몫이 줄어들까봐 일부러 그러신 것입니다. 그리고는 몰래 부엌에서 남은 닭 국물에 밥을 말아 드셨습니다. 저는 그런 것도 모르고 혼자 다 먹어치웠습니다. 아들 입에 밥 들어가는 것만 봐도 배부르다는 말을 저도 아이들을 낳아 길러보니 알겠더군요. 그런데 그때는 몰랐습니다. 철이 없던 저는 어머니는 맛있는 것도 먹을 줄 모르는 사람인지 알았습니다.

그러고 보면 우리 어머니는 순 거짓말쟁이였습니다. 배가 고파도 안 고프다고 하고, 먹을 수 있으면서도 못 먹는다고 하고……. 힘들면서도 하나도 안 힘들다고 하시는 것도 그렇고, 저를 어머니 뱃속으로 낳지 않았다는 것도 끝내 말씀하지 않으셨지요. 세상에 이렇게 아름답고 숭고한 거짓말이 또 있을까요. 대개 거짓말을 하는 사람들은 자신에게 손해가 되지 않으려는 보호 장치로 거짓으로 말을 꾸며대는 것인데, 어머니의 거짓말은 자기희생을 전제로 한 이상한 거짓말입니다. 그 자체로 사랑이라는 말로 대체 가능한 행위입니다.

제가 어릴 때 어머니는 심지어 젖동냥까지 해서 저를 먹이셨다고 합니다. 갓난애인 저를 쌀 한 말을 주고 데려오긴 했는데, 당장 먹일 젖이 없었던 것입니다. 아이를 직접 낳은 것이 아니니 어머니 몸에서 젖이 나올 리가 없었던 것이지요. 그렇다고 요즘처럼 분유가 흔하던 시절도 아니니 할 수 없이 동네 아낙들 중에서 갓

난아이를 키우는 집이 있으면 가서 심청이의 눈먼 아비마냥 젖동 냥을 하셨던 것입니다. 어머니가 지나가는 말로도 그런 말씀을 안 하셨기 때문에 전혀 모르고 있다가 머슴살이를 하던 시절에 동네 친구들이 놀리듯이 하는 소리를 듣고 알게 되었습니다.

"응두 네가 내 젖 뺏어먹고 컸잖아."

"누가 그래?"

"우리 엄마가 그러던데? 너희 엄마가 젖동냥 다녔다고."

"……."

초등학교나 중학교 때 그런 소리를 들었으면 분명 너무 창피하고 괜히 억울해서 친구 녀석을 당장 때려눕혔을지 모릅니다. 하지만 당시만 하더라도 그런 소리에는 이제 좀 덤덤해져 있었습니다. 차별을 받으며 큰집에서 머슴살이를 하는 것은 화가 났지만 어머니가 저를 데려다 키운 사실에 대해서는 이미 마음속으로 이해하고 받아들이고 있었던 것입니다. 좀 더 나이가 들어서 그런 소리를 들었으면 "너희 엄마 젖을 먹고 자랐으니 나도 너희 엄마 아들이다"라며 농쳤을지도 모르겠습니다. 새삼 제가 어머니에게 얼마나 귀한 아들이었을지 생각합니다. 당신의 젖을 직접 물려 키울 수 없었기에, 더 애가 타고 아끼는 마음이 들지 않았을까 싶습니다.

어머니의 유난히 가늘고 여리던 팔이 생각납니다. 그게 다 저 하나 먹이려고 당신은 먹고 싶은 것도 제대로 챙겨먹지 못해 그런 것 같아 마음이 아픕니다. 그래도 어머니는 그 가냘픈 팔로 농사일도 하시고, 큰집 부엌일도 하시고, 또 밤에는 물레질에 삯바느질까지 하셨습니다. 그러면서도 한 번도 힘들다는 소리를 안 하시고, 어깨 좀 주물러 달라는 말도 안 하셨습니다. 그리고 자리를 펴고 누우면 팔베개도 해주셨습니다. 이제야 어머니가 저를 위해 얼마나 많은 희생을 하셨는지 만분의 일이라도 헤아릴 수 있을 것 같습니다.

지금은 맛있는 음식을 보면 어머니 생각부터 납니다. 어머니가 조금만 더 오래 사셨더라면, 그래서 제가 번 돈으로 맛있는 것도 많이 사드릴 수 있으면 얼마나 좋을까요. 어머니가 어떤 음식을 좋아하셨는지 기억이 나지 않습니다. 그저 이런 음식 저런 음식 다 드셔보시게 하고 싶습니다. 옛날에는 먹고 사는 게 일이라 그야말로 살기 위해 이것저것 안 가리고 있으면 먹고 없으면 굶었지만, 요즘에야 어디 그런가요? 흔한 게 음식이죠. 맛있는 음식이 세상 천지에 널렸습니다. 좋은 구경 시켜드리고 좋은 음식도 드시게 하고 싶은데, 그럴 수 없으니 그것이 한입니다.

아무튼 큰집에서 머슴살이 아닌 머슴살이를 3년 정도 했습니다. 그러다 도저히 견딜 수가 없어서 열아홉 살이 되자마자 군대에 지원했습니다. 어머니 혼자 두고 3년씩이나 집을 떠나 있어야 한다는 것이 부담이 되긴 했지만 어차피 갔다 올 군대라면 빨리 갔다오자 싶었습니다. 물론 머슴살이 신세에서 벗어나고 싶은 마음이 더 크긴 했습니다.

"나 군대 간다. 그동안 나한테 맞느라 고생했다."

"그래, 알아주니 고맙다. 너도 군대 가서 사람 돼서 나와라."

소집일이 다가오자 친구들이 송별식을 열어주었고 우리들은 농담을 주고받으며 기분 좋게 술도 한 잔씩 했습니다. 그리고 마침내 소집일이 다가왔습니다.

"어메, 나 갈게."

"그래, 어메 걱정은 말고 몸 건강히 잘 갔다 와라."

따라오겠다는 어머니를 집에 떼어두고 혼자서 집결지인 익산 동중학교로 씩씩하게 갔습니다. 가보니 제 또래의 젊은 청년들이 모여 있었습니다. 저도 그들 사이에 자리를 잡고 서서 기다렸습니다. 잠시 후 병사계 담당관이 나와서 신병들의 출석을 부르기 시작했습니다. 그런데 아무리 기다려도 제 이름은 안 부르는 것이었습니다.

"저는 안 부르셨습니다."

"그래? 이름이 뭔가?"

"김응두입니다."

오산면 병사계 아저씨가 서류를 이리저리 살펴보더니 말했습니다.

"자네 아버지가 지원 취소했는데 몰랐나?"

"아버지가요?"

사연은 이랬습니다. 제가 군대에 지원을 하자 일하기 싫어서 도망을 가는 것이라고 생각한 아버지가 제겐 말도 하지 않고 몰래 지원 취소를 한 것이었습니다. 아버지 입장에서는 당장 부리던 머슴 한 명이 사라지면 농사에 차질이 생기니까 그렇게 하신 것입니다. 저는 너무 황당하고 어이가 없었습니다. 평소 아버지가 저를 어떻게 생각하는지 그때 확실히 깨달았습니다. 물론 새삼스러운 일도 아니었습니다. 하지만 제게 말도 안하고 그렇게 한 것에는 정말 화가 났습니다. 송별식까지 다 하고 온 제 체면은 또 뭐가 되는지요. 제 입장을 조금이라도 배려했다면 그렇게 하지는 못했을 것입니다.

차마 창피해서 밝은 대낮에는 돌아오지 못하고 밤늦게 집으로 돌아오는데, 동네 어귀에서 마주친 아주머니가 "응두 군대 간다더니 벌써 제대하고 오나?" 하고 놀리듯이 말씀하시는 통에 고개를 들 수가 없었습니다. 동네 사람들한테 송별식한다고 얻어먹은 것도 염치없고, 무엇보다도 서러움이 복받쳐서 눈물이 날 것 같았습니다. 하지만 우는 모습까지 들키면 더 창피할 것 같아서 간신히 참으며 집으로 갔습니다. 잔뜩 풀이 죽어 제 방으로 가서 구석에 쭈그리고 앉아 있으니 어머니가 들어오셔서는 웃으면서 저를 꼭 안아주셨습니다.

그렇게 다시 집에 돌아와 1년 정도 더 큰집 머슴살이를 했습니다. 나중에는 화도 안 나더군요. 거의 자포자기 심정으로 1년을 살았던 것 같습니다. 그렇게 저는 스무 살이 되었습니다. 이제 어머니의 보호를 받아야 했던 철부지 어린아이에서 어머니를 보호하고 보살펴야 할 성인이 된 것입니다.

그러나 성인이 된 저에게 어머니의 은혜를 갚을 시간은 많지 않았습니다. 그때 저는 그걸 몰랐습니다. 마냥 시간이 많을 줄로만 알았습니다. 세상의 모든 자녀들이 부모를 잃은 후 똑같은 후회를 한다고 합니다. 살아계실 때 좀 더 잘 할 걸 하고 말입니다. 어쩌면 자녀에 대한 희생과 사랑이 어머니들의 운명이듯, 어머니를 잃고 땅을 치며 후회하는 것은 자녀들의 숙명인지도 모르겠습니다. 대신 그 자녀는 자신이 부모가 되어 똑같이 희생과 사랑을 반복합니다. 내리사랑이라는 말이 그래서 생긴 것 같습니다. 어쩌면 이것이야말로 인간의 진정한 도리이자 인생의 굴레가 아닐까요.

어머니께 드리는 편지 1

사랑하는 어머니께

어머니, 어제는 하루 종일 비가 내렸습니다. 올해는 장마가 일찍 찾아 온 모양입니다. 저는 비가 오면 비가 오는 대로 어머니가 생각이 나고 비 가 오지 않으면 또 오지 않는 대로 어머니 생각이 납니다. 이렇게 하루 종일 어머니 생각만 하다보니까 어디를 가도 어머니가 항상 제 곁에 계신 것만 같아서 좋습니다.

얼마 전에 길을 가다가 어떤 할머니가 고운 옥색 비단 치마 저고리 를 차려입으시고 걸어가는 모습을 보았습니다. 그 뒷모습이 꼭 우리 어머 니의 모습인 것 같아 한참을 쳐다보았습니다. 우리 어머니가 지금까지 살 아계셨으면 제가 예쁘고 좋은 옷도 해드렸을 텐데요. 그러고 보면 어머니 는 살아계실 때 삯일로 옷감도 짜고 바느질도 하셨지만 정작 본인이 입을 어여쁜 옷 한 벌 지으시는 걸 본 적이 없습니다. 어머니는 어쩌면 그리도 욕심도 없으셔서 이 못난 아들의 마음을 뒤늦게 아프게 하시는지요.

언젠가 우연히 신달자 시인의 〈사모곡〉이라는 시를 보았는데, 그 절절한 시 구절이 제 마음인 것 같아 여기에 옮겨 적어봅니다.

길에서 미열이 나면
하나님 하고 부르지만
자다가 신열이 끓으면
어머니,
어머니를 불러요

아직도 몸 아프면
날 찾나고
쯧쯧쯧 혀를 차시나요
아이구 이꼴 저꼴
보기 싫다며 또 눈물 닦으시나요

나 몸 아파요, 어머니
오늘은 따뜻한 명태국물
마시며 누워 있고 싶어요
자는 듯 죽은 듯 움직이지 않고

부르는 입으로 어머니 부르며
병뿌리가 빠지는 듯 혼자 앓으면
아이구 저 딱한 것
어머니 탄식 귀청을 뚫어요

아프다고 해라
아프다고 해라
어머니 말씀
가슴을 베어요.

　저도 가끔 사는 것이 힘들 때는 어머니 곁에 누워 어린아이처럼 투정 부리고 싶을 때가 있습니다. 어머니의 따스한 젖가슴에 얼굴을 묻고 "어메, 응두 힘들어" 하고 불멘소리를 하면 "그래 우리 응두, 힘들지?" 하면서 제 머리를 쓰다듬어 주셨으면 좋겠습니다. 어머니, 이제 멀지 않았습니다. 저 죽으면 어머니 곁으로 갈래요. 그때 이승에서 못 다한 효도해 드릴 게요. 그때까지는 이승에서 좋은 일 많이 하면서 사랑하는 우리 가족들과 행복하고 건강하게 살 수 있게 도와주세요.

2장

어머니를 영원히 가슴에 묻고

울며 불러도 소용없는 어머니,

그리워 찾아봐도 보이지 않는 어머니.

어머니 생전에 지은 죄를 어떻게 사죄하오리까.

어머니 세상은 이런가요.

어머니 속히 저를 조용히 데려가주세요.

어머니 이 세상에 저 혼자서 못살겠어요.

그렇지 않으면 살아갈 용기를 주세요.

어머니 없는 이 세상을 헤쳐 나갈 지혜를 주세요.

어머니 보고 싶어요.

스무 살, 삶의 전환점을 맞이하다

　　군대에 지원했다가 아버지 때문에 가지 못하고 1
년간 머슴살이를 더 했습니다. 그 1년이 저에게는 그 어떤 시간들
보다도 길게 느껴졌습니다. 군대를 핑계 삼아 벗어나고 싶었던 현
실의 무게가 고스란히 굴레가 되어 어깨를 짓눌렀습니다. 그러나
꾹 참고 견뎠습니다. 시간이 지나면 그래도 사정이 좀 나아지리라
생각했습니다.

　그렇게 시간이 지나고 이듬해 봄, 주변에서 지원해서 군대에 가
는 사람들이 있다는 얘기를 듣고 저도 오산면에 있는 병사계로
가서 다시 지원을 했습니다. 이번에는 아무도 모르게 혼자서 조
용히 지원서를 내고 왔습니다. 그리고 며칠 뒤 통과가 되었다는
연락이 왔습니다. 결국 저는 꽃비 내리던 4월의 어느 날, 집을 떠
나 논산훈련소로 갔습니다. 지긋지긋한 머슴살이에서 잠시나마

해방될 수 있다고 생각하니 입대하러 가는 발걸음이 그렇게 가벼울 수가 없었습니다. 어머니와는 잠시 이별이었지만 이별의 슬픔보다 당장은 홀가분한 마음이 더 컸습니다.

그런데 그것은 제 착각이었습니다. 논산훈련소에서 훈련을 마치고 최전방인 25사단 26연대 2중대로 자대 배치를 받았는데, 얼마나 힘든지 죽고 싶을 정도였습니다. 농사일과는 비교도 되지 않았습니다. 정말 거짓말 조금 보태서 잠자고 밥 먹는 시간을 빼고 하루 종일 입에서 단내가 나도록 굴렀습니다. 요즘은 많이 없어졌다고는 하지만 당시만 하더라도 선임병들의 구타와 얼차려가 심했습니다. 특히 전방부대들은 군기가 세기로 유명했습니다.

그러던 어느 날, 중대 본부 사단에 갔다가 경북 영천에 있는 헌병학교에서 시험을 봐서 사람을 뽑는다는 이야기를 들었습니다. 헌병으로 가면 좀 나을 것 같은 생각에 선임들 몰래 신청을 했습니다. 그리고 시험 날 외출을 받아서 경기도 전곡사단으로 가서 시험을 봤습니다. 그런데 시험을 보고 돌아왔더니 부대 분위기가 싸늘했습니다. 제가 몰래 시험을 보고 온 것을 인사계 상사님이 아신 것입니다. 불러서 가보니 예상대로 저를 많이 혼냈습니다. 그때 참 많이 맞았습니다. 반항도 하지 못하고 속절없이 때리는 대로 다 맞았습니다. 그래도 헌병학교에 합격하면 부대를 떠나 후방으로 갈 수 있다는 희망이 있어 좋았습니다.

그리고 얼마 후 헌병학교 시험에 합격했으니 준비하고 오라는 연락이 왔습니다. 저는 참말인가 믿겨지질 않았습니다. 일전에 저를 혼내고 때렸던 인사계 상사님도 별다른 말없이 짐을 싸라고 하셨습니다. 저는 계속 이게 꿈인지 생시인지 얼떨떨한 기분으로 짐을 쌌습니다. 그리고 서류를 준비해서 사단에 신고를 마친 후, 헌병학교가 있는 경북 영천으로 향했습니다.

헌병학교에 입학한 저는 그곳에서 1주일간 고된 훈련을 받았습니다. 그리고 토요일에 훈련이 끝나고 일요일 하루 동안 외출이 허락되었습니다. 야간 군용열차를 타고 영천을 출발해 대전을 거쳐 익산에 도착하니 동 트기 직전의 새벽이었습니다. 저는 한걸음에 어머니가 계신 집으로 달려갔습니다.

"어메, 나 왔어!"

대문을 밀며 큰 소리로 어머니를 불렀습니다. 그러자 어머니가 맨발로 뛰어나와 저를 안고 우셨습니다.

"아이고, 우리 응두 왔구나. 아가, 힘들었지? 어디 아픈 데는 없고?"

"하나도 안 힘들어. 아픈 데도 없고. 어메는 잘 지냈지?"

그 사이 철이 들었는지 저는 어머니가 걱정하실까봐 그동안 힘들었던 내색은 하나도 하지 않았습니다.

오랜만에 어머니가 차려주시는 따뜻한 밥을 먹고, 어머니 옆에 누우니 참 좋았습니다. 어머니의 따스한 품이 얼마나 그리웠는지 모릅니다. 이제 다 컸다고 생각했는데 어머니의 품안에서는 어린 아이처럼 마냥 어리광을 부리고 싶었습니다.

그날 저녁, 꿈만 같던 하루 외출의 시간이 지나고 헌병학교로 복귀할 시간이 되었습니다. 집을 나서는데 발길이 떨어지지 않았습니다. 그런 저의 어깨를 떠밀며 어머니는 잘 다녀오라고 격려해주셨습니다. 다시 군용열차를 타고 경북 영천역에 도착해 헌병학교에 복귀한 저는 남은 훈련 기간 동안을 어머니를 잠시 만나고 왔던 그날의 기억으로 버틸 수 있었습니다.

그렇게 헌병학교를 졸업하고 저는 운 좋게 용산 6대대 29중대에 배치 받은 뒤 다시 부산 대연동에서 유류수송 헌병으로 복무하게 되었습니다. 임무의 특성상 밤을 새우는 날이 많았지만 최전방에서 근무할 때에 비하면 근무 환경이 훨씬 좋았습니다. 그리고 4~5개월 뒤 서울 용산역에 있는 6헌병대대 29중대본부에서 취사병으로 2개월 근무를 하고, 경기도 전곡에 배치 받아 파견근무에 들어갔습니다. 시간이 지날수록 보직이 좋아지니 군 생활도 할 만했습니다.

그리고 다시 용산 29중대본부 승무소대로 옮기게 되었습니다. 그곳에서 용산을 출발해 부산으로 가는 군용열차의 승차 업무를 맡아보았습니다. 열차 내 잡상인들이 군용칸에 출입할 수 없게 하는 것도 임무 가운데 하나였습니다. 그런데 잡상인들이 군용칸에 들어가야 장사가 되니까 종종 돈을 주고 갔습니다. 당연히 불법이었지만 승무소대원끼리는 금액이 큰 것도 아니니까 슬쩍 눈감아주는 분위기였습니다. 저도 눈치껏 한두 번 돈을 받았습니다.

그러던 중 하루 휴가를 받아서 익산으로 내려갔습니다. 집에

가보니 어머니가 안 계셔서 큰집 밭에 가보았더니 어머니 혼자 뙤
약볕 아래서 보리를 베고 계셨습니다. 속상한 마음에 어머니의
흙 묻은 손을 잡아끌며 집에 가자고 했습니다. 어머니는 하던 일
이나 마저 하고 가겠다고 하셨지만 제가 억지로 모시고 집으로
왔습니다. 어머니와 둘이 보리밥에 물을 말아 먹으면서 제가 말
했습니다.

"어메, 혼자서 힘들게 일하지 말고 이 돈으로 삯일꾼 사서 해."

그러면서 지갑에 있던 돈을 세어보지도 않고 몽땅 꺼내 어머니
께 건넸습니다. 머슴일 하던 저 대신 어머니가 힘들게 일하는 게
속상했던 것입니다. 그러자 어머니는 군인이 웬 돈이냐며 의아한
표정으로 제게 물었습니다. 저는 승무소대에서 일하다 보면 가끔
공돈이 생긴다는 얘기를 심상하게 했습니다. 그러자 어머니는 불
같이 화를 내시면서 제가 드린 돈을 마당으로 던져버리는 게 아
니겠습니까?

"헌병 가면 도둑질 한다더니 네가 그렇구나. 이런 돈 필요 없
다. 당장 가지고 가라."

저는 어머니의 갑작스런 행동에 어안이 벙벙했습니다. 그런 게
아니라고 아무리 말씀드려 봐도 소용이 없었습니다. 속상한 마
음에 그 돈을 주워가지고 나가서 동네 친구들과(익산 시내 친구
들과) 술을 진탕 마셔버렸습니다.

그리고는 용산 부대로 올라왔는데, 그 사이에 같이 근무하던
조원이 혼자 승무 업무를 하면서 장사꾼들에게 돈을 받았다가

헌병감실의 감사에 적발되어 군형무소로 끌려가고 없었습니다. 순간 '아차' 싶었습니다. 때마침 휴가를 가지 않았더라면 어쩌면 제가 대신 적발되었을지도 모를 일이었습니다. 저는 군형무소로 면회를 갔습니다.

"내가 운이 없었어. 걱정하지 마. 금방 나갈 거야. 너도 조심해."

별거 아니라고 말하는 조원을 만나고 나오는데, 기분이 이상했습니다. 어머니가 왜 그토록 제게 화를 내셨는지 알 것 같았습니다.

'그래, 어머니 말씀이 옳다. 아무리 적은 금액이라도 그런 돈을 받으면 안 되는 것이다. 우리 어머니가 나에게 큰 가르침을 주셨구나.'

부대로 돌아오는 길에 저는 많은 생각을 했습니다. 그리고 그날 중대장님을 찾아가 경비소대로 보내달라고 부탁했습니다. 견물생심이라고 유혹을 받을 수 있는 환경에 있으면 아무리 심지가 굳어도 마음이 흔들릴 수 있기 때문에 아예 보직을 옮기로 한 것입니다. 다들 편한 승무소대로 오지 못해 안달인데, 저는 오히려 승무소대에서 경비소대로 보내달라고 하니 중대장님이 보기에도 이상했던 모양입니다. 빨간색 볼펜으로 명찰에 7~8자를 적으며 "모자란 놈"이라고 놀려댔습니다. 그래도 좋았습니다.

그런 저를 중대장님이 좋게 보신 모양입니다. 어느 날, 저를 따로 부르더니 이렇게 말씀하시는 것이었습니다.

"김응두, 말뚝 박을 생각 없나?"

"네? 무슨 말씀이십니까?"

"군에서 장기복무 할 생각 없냐 말이다."

중대장님은 제가 장기복무 신청만 하면 자신이 데리고 다니면서 뒤를 봐주겠다고 했습니다. 솔직히 귀가 솔깃해지는 제안이었습니다. 제대 후 할 일이 정해진 것도 아니고, 다시 큰집 머슴살이나 하게 될 바에야 차라리 군대에 말뚝을 박는 게 더 나을지도 모른다는 생각이 들었습니다. 하지만 그럴 수는 없었습니다. 저에겐 오직 어머니뿐이었습니다. 한시라도 빨리 어머니 곁을 지키고 싶은 마음이 너무나 컸습니다. 중대장님께 제안은 고맙지만 그럴 수 없다고 거절을 했습니다.

지금 생각해보면 우리 어머니의 가르침이 얼마나 크고 훌륭한 것이었는지 새삼 깨닫게 됩니다. 잘 알려진 고사성어 중에 '단기지계(斷機之戒)'라는 말이 있습니다. 단기지계는 '베틀 위의 베를 끊어 경계한다'는 의미로 중국의 성인인 맹자 어머니의 준엄한 가르침에서 비롯된 말입니다.

전해지는 일화는 이렇습니다. 맹자는 학문 연마를 위해 먼 길을 떠났습니다. 공부에 정진하던 맹자는 어느 날 문득 어머니가 그립기도 하고 걱정이 되기도 해서 집에 찾아갔습니다. 맹자는 오랜만에 만나는 어머니가 따뜻하게 자신을 반겨 주리라 생각했습니다. 그러나 그러한 기대와 달리 맹자의 어머니는 굳은 얼굴로 "그래, 공부는 다 하고 온 것이냐?" 하고 물었습니다. 맹자는 공부를 다 마치지는 못했지만 열심히 하다가 왔다고 대답했습니다.

그러자 맹자의 어머니가 짜고 있던 베틀의 베를 칼로 싹둑 잘라 버렸습니다. 맹자가 깜짝 놀라 이유를 묻자 맹자의 어머니는 "공부를 하다가 중도에 그만두는 것은 짜고 있던 베의 중간을 잘라 버린 것과 같다"고 말했습니다. 그 말을 들은 맹자는 크게 깨달은 바가 있어서 그 길로 다시 학당으로 가서 열심히 공부했다고 합니다. 그리고 그 결과 우리가 잘 아는 바와 같이 맹자는 높은 학문의 경지에 오르게 되었습니다. 과연 그 어머니의 그 아들입니다.

물론 저는 맹자처럼 훌륭한 위인은 되지 못했습니다. 그러나 우리 어머니의 가르침이 맹자 어머니의 가르침에 비해 결코 가볍지 않다고 생각합니다. 청소년 시기에 제 자신의 처지를 비관해 끓어오르는 분노를 주체하지 못하고 동네 친구들과 치고 박고 싸움질을 하고 다니긴 했지만 누군가에게 악의를 품고 일부러 해코지를 한 적은 없었습니다. 그리고 성인이 되어서도 차라리 내가 손해를 볼지언정 남에게 피해를 주면서까지 제 이득을 챙겨본 적도 없습니다. 그게 다 올곧은 성정을 지니셨던 어머니의 가르침 덕분이라고 생각합니다.

그리고 그런 어머니를 따르고 사랑하는 마음이 세상 사람들을 존중하고 어르신들을 공경하는 마음으로 자라났습니다. 저는 지금도 이 세상을 살아가는 덕목 중에 가장 중요한 것이 효도하는 마음이라고 생각합니다. 지금처럼 각박한 세상엔 더욱 그렇습니다. 효심이 지극한 사람은 대부분 성실하고 바릅니다. 효심이라는 고귀한 마음을 거칠고 비뚤어진 마음과 한 그릇에 담을 수 없다고 생각합니다. 그래서 요즘 젊은 부모들에게도 자녀 교육을 제대로 시키고 싶다면 효자로 만들라고 말하고 싶습니다. 효자가 많은 사회가 건강한 사회입니다. 자녀를 위한다고 이기적인 아이로 키우지 마십시오. 그게 제가 지금 하고 싶은 말입니다.

　아무튼 그렇게 제 인생의 전환점이 된 군생활이 끝나고 저는 다시 고향으로 돌아왔습니다. 처음엔 담배도 마음대로 못 피우고 다시 힘든 농사일을 해야 하는 것이 싫었지만 결국 제가 있어야 할 자리는 그곳이라는 생각에 하루하루 마음을 다잡으며 지냈습니다.

아버지의 죽음과 가세의 몰락

　제대 후 마땅히 할 만한 일을 찾지 못한 저는 아버지의 농사를 다시 돕기 시작했습니다. 그런데 그 전처럼 큰집의 일을 닥치는 대로 하는 것은 아니었습니다. 아버지가 어머니 앞으로 내준 3백 평 정도의 땅이 있었습니다. 좋은 땅은 아니고, 봉답 물도 안 들어가는 아주 척박한 땅이었습니다. 논이 3단으로 되어 있었는데, 아버지는 저에게 그걸 평평하게 다져서 1단으로 만들라고 하셨습니다.

　결코 쉬운 작업이 아니었습니다. 요즘처럼 기계가 발달된 것도 아니고, 곡괭이와 삽으로 그 땅을 전부 다 고르고 다지려니 무척 힘이 들었습니다. 혼자서 하려니 시간도 오래 걸렸습니다. 하루 종일 비지땀을 흘리며 일을 하고 나면 온몸이 성한 곳이 없었습니다. 그때 허리를 다친 것 같습니다. 그래도 이 땅을 일구면 앞으로 어머니와 둘이 살아갈 밑천은 되겠다 싶은 생각에 불평하지 않고 열심히 일했습니다.

그러던 어느 날, 아버지가 중풍으로 쓰러지셨습니다. 갑자기 닥친 일이라 경황이 없는 와중에도 제가 쓰러진 아버지를 들쳐 업고 병원으로 갔습니다. 당시 익산역 근처에 있는 삼산의원으로 아버지를 모시고 가서 진찰을 받았습니다. 당장 생명에는 지장이 없었지만 마비가 와서 수족을 쓸 수 없게 되셨습니다. 그때부터 아버지의 와병이 시작되었습니다.

그런데 사람이 극한 상황이 놓이게 되면 본성이 드러나는 것일까요? 당장 아버지가 쓰러지니까 큰집 식구들 중 누구도 병수발을 하겠다고 나서는 사람이 없었습니다. 큰어머니는 나이가 많아서 못 한다 쳐도 둘째 큰어머니나 형네 형수 중 누구든 해야 옳았습니다. 하지만 형이 무슨 사업을 한다고 자기 식구들을 다 데리고 부산으로 가버리는 바람에 아버지의 병수발은 고스란히 우리 어머니와 저의 몫이 되었습니다.

사람의 운명이라는 것이 그렇게 얄궂은 것입니다. 하나밖에 없는 친아들이라고 그렇게 떠받들던 아들은 나 몰라라 하고, 주워 온 아이라고 괄시하던 저에게 병수발을 받으시게 되었으니 말입니다. 또한 병든 아버지 곁을 끝까지 지킨 것은 본처라고 기세등등하던 큰어머니도, 아들을 낳았다고 대접받던 둘째 큰어머니도 아닌 식모나 다름없는 대우를 받았던 우리 어머니였습니다. 한 치 앞도 미리 알 수 없는 것이 사람의 일이라지만 누군들 그런 상황을 예상이나 했겠습니까. 그래서 어떻게 될지 모르는 인생, 어떤 상황이든 염치라는 것을 갖고 살아야 하는 것이구나 싶습니다. 아버지의 병세에는 별다른 차도가 없었습니다. 그래도 누워 계신 6년 동안 약을 타러 아버지를 모시고 중앙동에 위치한 삼산의원에 다녔습니다. 그러면서 그곳의 김신기 원장님과도 친하게 지내게 되었습니다. 원장님 이야기는 뒤에서 좀 더 자세히 하도록 하겠습니다.

아무튼 그렇게 아버지가 중풍으로 쓰러지시고 오랜 기간 투병을 하다 보니 가세가 점점 기울었습니다. 예전에는 동네에서 제일 가는 부자였는데, 그것도 옛말이 되었습니다. 그 많던 전답도 다 팔아치우고 남아있는 게 별로 없었습니다. 치료비로 돈이 많이 들어가기도 했지만, 그보다는 형이 사업을 한다고 가져다가 날려 먹은 돈이 더 많았습니다.

사실 형이 집안의 유일한 친자라서 어렸을 때부터 어려운 걸 모르고 자라서 그런지 힘든 일은 하기 싫어하면서 돈은 개념 없이 잘 갔다 쓰는 경향이 있었습니다. 전답도 형이 마음잡고 붙어서 아버지 대신 관리를 했으면 어느 정도 유지가 되었을지 모르겠는데, 워낙 손에 흙 묻히는 걸 싫어해서 농사일은 처음부터 아예 물려받을 생각이 없었습니다. 그리고 고등학교를 졸업하고 나서부터는 이것저것 새로운 일을 해보겠다고 손댔다가 망해서 들어 먹기 바빴습니다.

이제 와서 얘기지만 형이 그 당시에 사고를 많이 쳤습니다. 나이가 차서 공군에 입대를 했는데 어떤 사연이 있는지 탈영을 했습니다. 당시엔 군 관리가 소홀한 편이었는지, 아니면 요즘처럼 뉴스에서 크게 다루지 않아서 그런지 군인들이 탈영을 하는 일이 종종 있었습니다. 형이 탈영을 하고 한동안 도피생활을 하느라 집안 돈이 많이 들어갔습니다. 나중에는 아버지도 화가 나서 돈을 더 이상 안 대주려고 하니까 둘째 큰어머니가 하나밖에 없는 아들 이대로 영창 보낼 거냐며 울며불며 했던 기억이 납니다. 그래도 눈치가 보이니까 나중에는 둘째 큰어머니가 아버지 몰래 여기저기 돈을 꾸러 다녔습니다. 그때 우리 어머니도 둘째 큰어머니한테 돈을 빌려주었다가 떼였습니다. 그 바람에 제가 고등학교에 가지 못했던 것입니다.

그러다 아버지가 쓰러지고 더 이상 집안에서 가져갈 돈도 없어지니까 남보다 못한 사이가 되었습니다. 부산으로 이사 간 후로 형네와는 거의 교류 없이 살았습니다. 둘째 큰어머니도 돌아가실 때까지 계속 부산 형네 집에서 사셨습니다.

아버지는 와병을 시작한지 6년 만에 돌아가셨습니다. 그때까지 우리 어머니가 참 고생하셨습니다. 저도 비록 친아버지는 아니지만 아들 된 도리를 다했습니다. '긴병에 효자 없다'는 말도 있지만, 그래도 불쌍한 어린 생명을 거둬주신 은혜를 갚는다는 심정으로 끝까지 병상을 지켰습니다. 물론 어머니 혼자 고생하는 것을 두고 볼 수 없었던 심정이 더 크긴 했습니다. 친아들도 나 몰라라 하는데 구박받던 셋째 부인 식구들이 뭐가 좋다고 저리 정성이냐고 쉽게 남 얘기하는 동네 사람들도 있었습니다. 하지만 어찌됐든 사람의 도리는 해야겠기에 최선을 다했던 것입니다.

그동안 아버지를 우리 집에 모시고 있었는데 돌아가시려고 하니까 형이 와서 큰집으로 모시고 가야 한다고 해서 마음대로 하시라고 했습니다. 그렇게라도 마지막 아들 도리하시라고 군말 없이 따랐습니다. 형이 상주로 아버지 장례를 치르고 뒷산 언저리에 산소를 만들어 모셨습니다. 선산이 따로 있지를 않아서 그렇게 했는데, 나중에 시간이 흐른 뒤에 제가 아버지 묘소를 어머니와 합장해서 지금의 익산 공원묘지로 모셨습니다. 비록 절 낳아주신 친아버지는 아니었지만 그분의 영면을 빌며 지금까지도 제가 묘소를 돌보고 있습니다.

쓰러지신 어머니,
그 절망의 끝에서

아버지가 돌아가시고 6~7개월쯤 지났을 때였을까요. 어머니가 뇌졸중으로 갑자기 쓰러지셨습니다. 연세가 그리 많으신 것도 아닌데 6년 동안 아버지를 모시고 병간호를 하느라 많이 힘드셨던 모양입니다. 육체적으로도 정신적으로도 힘든 시기를 내내 신경을 곤두세우고 사시다가 아버지가 돌아가시고 나니까 긴장이 풀린 탓인지 그렇게 맥없이 쓰러지셨습니다.

어느 날 저녁이었습니다. 그날은 친구 종만이네 볏단을 거두는 날이었습니다. 종만이와 논에서 볏단을 지게에 쌓아서 지고 와서는 마당에 쌓아두었다가 타작을 하는 겁니다. 저는 지게질은 잘 못하지만 힘은 있어서 볏단을 높은 곳까지 힘 있게 던져 높이 쌓을 수 있게 일을 거들었습니다. 그렇게 늦게까지 일을 거들고 집에 돌아오니 어머니가 밥을 차려놓고 기다리고 계셨습니다.

"배고프지? 어서 와라, 밥 먹자."

그때까지만 해도 멀쩡해 보이던 어머니였습니다. 그런데 밥을 먹다가 갑자기 어머니가 '앗!' 소리를 내시면서 오른 손에 잡은 수저를 왼손으로 옮겨 잡으시는 겁니다. 그러더니 그대로 옆으로 쓰러지셨습니다.

"어메~ 정신 차려봐!"

깜짝 놀란 제가 어머니를 흔들어 보니 이미 의식이 없으셨습니다. 급한 마음에 이웃에서 리어카를 빌려다가 이불을 깔고 그 위에 어머니를 눕혔습니다. 그리고 어머니를 태운 리어카를 끌고 오산면에서 익산역 근처 삼산의원까지 내처 달려갔습니다.

'어메, 죽으면 안 된다. 조금만 참아라, 조금만.'

그런 간절한 마음으로 정신없이 달렸습니다. 그런데 당시만 하더라도 길이 다 비포장도로라 울퉁불퉁한 자갈밭 길을 달리다 보니 그게 오히려 어머니 상태에 좋지 않게 작용한 모양입니다. 지금이야 뇌졸중으로 쓰러지면 몸에 충격을 주지 말고 최대한 안정을 취한 상태에서 신속하게 가까운 병원으로 옮기는 것이 상식이지만, 그땐 그런 것도 몰랐습니다. 119도 없고 가까운 곳에 병원도 많지 않던 때라 병원에서 치료를 받아도 후유증이 많이 남던 시절이었습니다. 저 때문에 어머니 병세가 악화될까봐 죄책감에 가슴이 조여 오는 것 같았습니다.

"원장님, 저희 어머니 좀 살려주세요."

아버지 와병 중에 인연을 맺은 김신기 원장님께 애원하듯 매달렸습니다. 원장님은 본인이 하실 수 있는 최선을 다해주셨습니다. 그렇게 삼산의원에 15일 정도 입원을 했는데, 시간이 지나도 별다른 차도가 없자 원장님께서는 퇴원해서 집에 모시라고 하셨습니다. 그 말씀을 들으니 제 눈앞이 캄캄해지는 것 같았습니다.

온 세상을 떠받치고 있던 중심축이 무너진 것처럼 다리에 힘이 풀리고 가슴은 먹먹해졌습니다. 어머니가 안 계신 세상은 상상도 해보지 못했기에, 몸도 제대로 가누지 못하고 정신마저 온전하지 않은 상태로 누워계신 어머니를 바라보는 저의 심정은 그 어떤 말로도 표현이 되지 않을 정도로 참담했습니다.

그렇게 어머니의 병환이 깊어 가던 어느 날, 문득 이런 생각이 들었습니다. 누군가 우리 어머니의 정신만이라도 온전한 상태로, 아니 당신 아들이 옆에 있다는 사실만이라도 알 수 있을 정도로만 호전이 될 수 있게 약이든 주사든 써주는 사람이 있다면 내가 가진 전부를 다 내놓아도 좋다고 말입니다. 전국에 그런 재주를 가진 사람이 한 사람은 있지 않을까 생각했습니다. 그런 사람을 어떻게 찾을 수 있을까 고민하다가 방송국에서 방송을 해보면 어떨까 하는 생각이 들었습니다.

그래서 친구한테 의논을 했더니 방송국에서 공짜로 해주겠냐고 하는 것입니다. 제가 가진 거라곤 시골집이랑 아버지가 농사 짓던 땅 900평밖에 없었습니다. 그것도 만약 어머니 병을 고쳐주는 사람이 나타나면 다 줄 생각이었습니다. 어머니 병은 하난데 약은 수없이 많아서 그렇게 하지 않으면 병도 못고치고 빚으로 집도 논도 없어질 것 같아서 차라리 이 방법이 좀 좋다는 판단에서 그랬습니다. 만약 방송국에서 방송을 하는 데 현금이 필요하다면 당장 줄 돈이 없었습니다. 그래서 급한 대로 친구한테 빌리기로 했습니다.

"얼마가 들지 모르겠지만 방송국 사람을 만나기 전에 돈을 좀 가지고 가는 게 좋을 것 같으니 네가 조금만 빌려다오."

다행히 친구가 당시 돈으로 500원을 빌려주었습니다. 그래서 그 돈을 가지고 수소문 끝에 익산 기독교 방송국의 보도부장인 최병화라는 분을 만나서 사정을 이야기했습니다. 그분이 제 얘기를 듣더니 메모지 위에 빨간 볼펜으로 '딱한 사정'이라고 적더군요. 그리고는 방송국 국장님과 상의해보겠다며 갔습니다. 그리고 잠시 후 그분이 다시 와서 일주일 뒤 저녁 7시 10분 '라디오 반사경'이라는 프로그램에서 제 사연을 방송해주겠다고 했습니다.

"고맙습니다, 선생님. 그런데 라디오 방송을 하면 비용이 얼마나 들까요?"

"그런 거 안 해도 됩니다. 그런데 직업이 어떻게 되세요?"

그분이 돈은 필요 없다면서 제 직업이 무엇이냐고 물으시기에 그냥 농사짓는 사람이라고 말씀드렸습니다. 그랬더니 그분이 다시 물으시더군요.

"만약 사람이 나타나서 어머니 병세가 조금이라도 좋아지면 정말 집이랑 땅을 다 내어줄 생각이에요?"

"그럼요. 당연히 그렇게 해야죠."

"농사짓고 사는 사람이 집이랑 땅 내주고 나면 어떻게 살려고 그래요?"

"거기까진 생각해보지 않았습니다. 하지만 어머니만 좋아지신다면 길바닥에서 빌어먹고 살아도 행복할 것 같습니다."

그랬더니 그분이 고개를 끄덕이시면서 행운을 빌어주셨습니다. 저는 다시 한 번 감사의 말을 전하고 방송국을 나왔습니다.

다음 날, 김신기 원장을 뵈러 가서 익산 기독교 방송국에서 있었던 일을 말씀드렸더니 웃으시면서 만약 누군가 나타나서 어머니 병을 고쳐주고 제가 집과 땅을 내놓게 되면 원장님이 대신 그 집과 땅을 사주겠다고 하셨습니다. 그 말씀을 들으니 저를 생각해주시는 것이 고마워서 말만으로도 참 행복했습니다. 그런데 나중에 와서 생각해보니 어머니 병을 고쳐줄 사람이 나타나기 힘들 것이라는 뜻이었던 것 같습니다. 그래도 물에 빠진 사람 지푸라기라도 잡는 심정으로 좋은 소식이 들려오기만을 기다렸습니다.

방송은 예정대로 일주일 정도 연달아 나갔습니다. 방송이 나간 후 정말 연락이 올까 마음을 졸이면서 기다렸는데, 얼마 후 익산 마동에 사는 한의사라는 두 분이 저를 찾아오셨습니다. 그분들은 방송을 듣고 왔다면서 자신들이 어머니의 병세를 호전시키면 정말 집과 땅을 주겠냐고 물었습니다. 저는 어머니만 좋아지게 해주시면 집과 땅문서를 드리겠다고 약속했습니다. 그리고 그분들을 어머니가 계시는 집으로 모시고 왔습니다. 그분들이 어머니 상태를 보시더니 침을 몇 대 놓으셨습니다.

"고맙습니다. 내일 오전 11시까지 익산 제일은행 앞 본전다방으로 오시면 집과 땅문서를 가지고 가겠습니다."

그렇게 말씀드리고 그분들을 보내드렸습니다. 어머니 병세에 차도가 있을까 싶어서 뜬눈으로 밤을 지새우고 다음 날 약속 장소로 나갔습니다. 밤새 어머니에겐 별다른 변화가 없었지만 그래도 약속은 약속이니까요. 그런데 약속 시간이 지나도 그분들이 나타나지 않는 겁니다. 행여 무슨 급한 용무라도 생겼나 해서 12시까지 기다려도 오지 않았습니다. 요즘처럼 핸드폰이 있던 시절도 아니라서 무작정 기다리는 수밖에 없었습니다. 결국 오후 1시까지 기다리다 허탈한 마음으로 집으로 돌아왔습니다. 그분들도 어머니 상태가 좋아지리라는 자신이 없었던 것입니다. 기대를 걸었던 만큼 실망도 컸습니다.

그 이후로 어머니의 병세는 점점 더 안 좋아지고, 마지막 희망이라고 생각했던 지푸라기까지 놓친 저는 더욱 절망의 구렁텅이에 빠져들고 있었습니다. 이대로 돌아가시면 우리 어머니 인생이 너무 억울할 것 같았습니다. 그런 어머니를 바라보자니 불쌍해서 울고, 또 어머니를 잃고 살아갈 것을 생각하니 막막해서 울었습니다. 아무도 몰래 산에 올라가 엉엉 소리 내어 울기도 하고, 불쌍하신 어머니의 이름을 목메게 불러보기도 했습니다.

그때 제 소원은 한 가지뿐이었습니다. 어머니가 죽기 전에 조금이라도 맑은 정신으로 돌아와서 저와 마지막으로 이야기를 나누는 것입니다. 어머니는 한 번도 당신 입으로 저를 데려다 키웠다는 말씀을 하지 않으셨습니다. 어머니가 말씀하지 않아도 이미 다 알고 있는 사실이지만, 제가 어른이 되면 언젠가는 직접 말씀해주시리라 기대했습니다. 그러면 저는 친아들도 아닌데 친아들 이상으로 사랑하며 키워주신 어머니의 은혜에 얼마나 고마워하고 있는지 말씀드리고 싶었습니다.

"어메, 내 어메로 살아줘서 고마워."

그 말 한 마디를 살면서 단 한 번은 꼭 하고 싶었는데 하지 못했습니다. 그럴 기회가 없었습니다. 그 말을 듣기도 전에 이렇게 정신을 놓고 누워계시니 저는 평생의 소원 하나를 이룰 수 없게 된 것입니다.

아머니 병중에 맞이한 평생의 동반자

저는 어머니가 쓰러지기 전에 약혼을 한 상태였습니다. 제 약혼자는 제 의지와는 상관없이 어머니의 뜻에 따라 정해진 배필이었습니다.

사실 그 전에 제게는 좋아하던 여자 친구가 따로 있었습니다. 같은 동네 사는 면장님 딸이었는데, 저보다 2살 어린 친구였습니다. 어린 시절부터 만난, 말하자면 제 첫사랑이었습니다. 한동안 그 친구와 사귀면서 서로 많이 좋아했습니다. 얼굴도 예쁘고, 집도 잘 살고, 학교도 중학교까지밖에 졸업을 못한 저와는 달리 고등학교까지 졸업을 했습니다. 그 시절에는 데이트라고 해봤자 가까운 산에 놀러가거나 어두울 때 동네 어귀를 손잡고 산책하는 정도가 다였습니다. 제가 경제적 사정이 좋지 않다보니 그 친구가 먹을 것을 많이 싸다주곤 했습니다.

저는 그 친구를 결혼까지 생각하고 만났습니다. 그런데 무슨 이유인지 어머니는 저와 그 친구의 결혼을 반대하셨습니다. 그리고 어머니가 정해주는 여자와 결혼해야 한다고 하셨습니다. 그 여자 친구와 헤어지긴 싫었지만 어머니의 뜻을 거역할 수도 없었습니다. 그런 사정을 이야기하자 여자 친구가 먼저 저한테 도망가서 살자고 하더군요. 마음 같아서는 저도 그러고 싶었습니다. 하지만 그럴 수 없었습니다.

"미안하다. 나는 우리 어메 혼자 두고 못 간다."

여자 친구가 서럽게 울었습니다. 그래도 어쩔 수 없었습니다. 그게 사실이었으니까요. 그렇게 헤어지고 몇 달쯤 지나고 나서 그 친구도 선을 봐서 결혼을 했습니다. 제가 먼저 어머니가 정해준 여자와 결혼해야 하니까 헤어지자고 해놓고선 막상 그 친구의 결혼 소식을 들으니까 미칠 것 같았습니다. 너무 속이 상해서 술을 엄청 마시고 혼자 많이 울었습니다. 사랑하는 사람과 살지 못하고 잘 알지도 못하는 여자하고 결혼해야 할 제 처지가 서글펐습니다. 그때 처음으로 제 마음을 몰라주는 어머니를 원망했습니다. 그렇다고 돌이킬 수도 없는 일이었습니다.

그러고 나서 얼마 지나지 않아서 어머니의 동네친구분의 소개로 선을 봤습니다. 옆 동네인 신함리에 사는 김동기라는 처자였습니다. 나보다 4살이 어린데 한 번 보고 바로 정혼을 했습니다. 부모님들끼리 두 사람을 결혼시키자고 얘기가 된 것입니다. 솔직히 정혼자라고 해도 아무런 감정이 들지 않았습니다. 그저 어머니가 좋아하시니까 싫다고 말하지 못한 것뿐입니다. 그렇게 말만 정혼자라고 해놓고 별다른 교류도 없었습니다. 제가 좋았으면 결혼을 서둘렀을지도 모르겠는데, 그런 것도 아니다보니 정혼을 해놓은 상태로 시간만 흘렀습니다. 그러는 사이 아버지가 돌아가시고 어머니까지 갑자기 쓰러지시는 바람에 경황이 없어서 결혼 얘기는 쏙 들어가고 말았습니다. 그쪽 집안에서도 별다른 독촉을 하지 않았습니다.

그런데 어머니를 퇴원시키고 집으로 모시고 나니까 당장 집안 살림을 돌볼 사람의 손길이 아쉬웠습니다. 처음에는 옆집 아주머니가 와서 어머니 드실 죽도 끓여주시고 제 밥도 챙겨주셨습니다. 하지만 그것도 한두 번이지 옆집 아주머니한테 계속 신세를 질 수는 없었습니다. 게다가 어머니 약값이라도 벌려면 제가 일을 해야 했습니다.

사실 당시 저의 경제 사정은 아주 나빴습니다. 아버지가 돌아가신 이후로 농사일에 거의 신경을 못 쓴데다가 어머니가 저의 취직자리를 알아보려고 청탁금을 큰어머니께 부탁해서 마련해놓은 돈이 있었는데 중간에 사기를 당하는 바람에 그 돈을 다 날려버렸습니다. 아버지가 살아계실 때 쌀 판 돈을 큰어머니가 가지고 있었는데 그 돈을 우리 어머니께 빌려주셨던 것입니다. 그런데 아버지도 돌아가시고 어머니도 쓰러지고 나니까 돈을 못 돌려받을까봐 큰어머니 나름으로는 불안하셨던 모양입니다. 그래서 저만 보면 자꾸 그 돈을 달라고 하셨습니다. 당장 어머니 약값이며 들어갈 곳도 많은데 큰어머니가 재촉을 하시니까 할 수 없이 제가 융통할 수 있는 돈을 전부 끌어 모아 그 돈을 해드렸습니다.

사람 인심이 그렇게 야박하다는 것을 그때 다시 한 번 느꼈습니다. 비록 피가 섞이지 않았지만 한 호적에 올라있고, 아버지가 6년이나 와병 생활을 할 때 그 힘든 병수발을 다 든 사람이 우리 어머니와 저인데 지금 형편이 어려울 때 도와주지는 못할망정 더 힘들게 하는구나 싶었습니다. 그래도 섭섭한 건 섭섭한 것이고, 큰어머니의 입장도 이해가 됐습니다. 자녀도 없이 남편도 죽고, 작은집 아들은 자기 식구만 챙기니까 더 나이 들면 어찌 살까 불안하셨겠지요.

실은 아버지가 돌아가시고 나서 우리 어머니가 하루는 저를 부르시더니 이런 말씀을 하신 적이 있습니다.

"웅두야, 나는 일찍 죽을 거 같다. 너희 큰어매는 오래 사실 거야. 아버지도 돌아가시고 혼자서 살기 힘드실 테니 네가 꼭 잘 모시고 행복하게 살아라."

어쩌면 우리 어머니는 당신이 일찍 돌아가신다는 것을 운명처럼 느끼셨나 봅니다. 그러니 그런 말씀을 하신 거겠지요. 본처와 후처의 사이, 그리 좋았던 사이는 아니었지만 그래도 우리 어머니는 큰어머니 걱정을 많이 하셨습니다. 결국 우리 어머니가 돌아가시고 큰어머니는 몇 년을 더 사셨는데, 그전에 하셨던 말씀이 유언처럼 느껴져서 오갈 때 없는 큰어머니를 제가 끝까지 모시고 임종을 지켰습니다. 그 당시 저는 큰어머니 또한 우리 어머니만큼

이나 불쌍한 분이라는 생각이 들었습니다. 그리고 우리 어머니께 못 다한 효도를 큰어머니께라도 해야겠다고 다짐했었습니다. 제가 있는 힘을 다해 큰어머니께 효도하면 하늘나라 높은 곳으로 떠나간 우리 어머니가 그 모습에 만족한 웃음을 지으실 것이라 믿었습니다.

어쨌든 당시 상황이 저에겐 매우 힘들었습니다. 당장 취직하기는 힘들고, 농사라도 다시 지어서 생활을 꾸리려면 누군가 집에서 병든 어머니를 돌봐줄 사람이 필요했습니다. 옆집 아주머니가 도와주시기는 하지만 그것이 근본적인 해결책은 아니었습니다. 어떻게 해야 하나 막막한 심정에 누워계신 어머니를 향해 한탄의 소리를 쏟아내기도 했습니다. 그러나 어머니는 제 얘기가 들리기는 하는지 아무런 반응이 없었습니다. 그날은 4월 초팔일 석가탄신일이었습니다. 답답한 마음에 뒷동산에 올라가 앉아있으니 저 너머 배산(盃山)으로 꽃놀이를 가는 사람들의 행렬이 울긋불긋하게 이어지고 있는 것이 보였습니다. 그러고 보니 어느덧 봄이었습니다. 어머니가 병석에 계시고 매일매일 마음 졸이며 살다보니 계절이 오고가는 것도 느끼지 못할 만큼 제 생활은 황폐화되어 있었습니다.

그러다 문득, 불쌍한 우리 어머니 생각이 났습니다. 젊은 나이에 셋째 부인으로 들어와 이 눈치 저 눈치 보느라 좋은 날 꽃구경 한 번 재미나게 다녀온 적이 없던 분이셨습니다. 나이가 들고 아들도 장성해 그동안 못 누리고 살던 것을 누리고 살 때도 되었건만 어찌하여 어머니는 저렇게 꼼짝을 못하고 누워만 계신단 말인가. 어머니의 신세가 너무 처량해서 눈물이 나왔습니다.

그렇게 한참을 울다가 든 생각이 장가를 가야겠다는 것이었습니다. 이대로 꼼짝도 하지 못하고 어머니 곁에만 붙어있으면 결국엔 어머니도 죽고 저도 죽을 것 같았습니다. 어머니 약값이라도 부지런히 벌려면 누군가 어머니 곁에 있어야 하는데, 제가 결혼을 하면 색시가 어머니 곁에 있을 수 있겠다 싶었습니다. 그러면서 얼굴 한 번 보고 약혼했던 신함리의 그 처자가 떠올랐습니다.

'이제 와서 결혼해달라고 하면 해줄까?'

물론 확신은 없었습니다. 그래도 가서 부탁이나 해보자고 마음을 먹었습니다.

다음 날, 조금은 떨리는 마음으로 정혼자의 집을 찾아갔습니다. 그리고 상황을 말하며 결혼해줄 수 있겠냐고 물었습니다. 싫다고 일언지하에 거절한다고 해도 할 말은 없었습니다. 염치가 없어서 매달리지도 못할 처지였습니다. 당장 그 자리에서 답을 달라고 할 수가 없어서 며칠 시간을 주기로 하고 돌아왔습니다. 사실 별다른 기대는 없었습니다.

그런데 며칠 후 정혼자가 저를 찾아와서는 결혼을 하겠다고 하는 것입니다. 저는 진심이냐고 물었습니다. 아무리 정혼자라지만 얼굴도 몇 번 보지 못한 채, 게다가 돈도 없고 어머니는 병환으로 누워계시는 집으로 시집오겠다고 하는 것이 쉬운 결정은 아닐 것이었기 때문입니다. 그런데 그녀는 진심이라고 했습니다.

집에서는 반대하지만 본인이 하겠다는 결심이 이미 섰다고 했습니다. 고마웠습니다. 저 같이 못난 사람에게 시집와준다니 말입니다. 솔직히 아직 첫사랑을 잊지 못하고 있었고, 좋아하지도 않는 여자와 어쩔 수 없이 결혼해야 하는 것에 마음이 괴롭기도 했습니다. 그러나 그런 감정의 사치를 부를 처지가 아니었습니다.

그리고 말이 오고간 지 한 달 만에 식을 올리고 우리는 부부가 되었습니다. 그렇게 지금 집사람을 평생의 배필로 맞이했습니다. 결혼식이라고 따로 준비할 것도 없었습니다. 집사람이 다니는 교회에 가서 간단하게 예식을 올렸습니다. 그리고 신접살림도 따로 차릴 것 없이 집사람이 자기 짐만 간단히 챙겨서 우리 집으로 들어와 살기로 했습니다.

그렇게 예식을 마치고 처가식구들과 함께 어머니가 계신 우리 집으로 왔습니다. 그런데 집에 어머니가 안계셨습니다. 깜짝 놀라 옆집 아주머니에게 물어봤더니 그 집에 잠시 모셔놨다는 것입니다. 왜 그랬냐고 물었더니 새색시와 처가식구들이 처음 오는데 똥오줌도 못 가리는 어머니를 보고 싫어할까봐 그랬다는 것입니다. 저는 그 말을 듣고 화가 났습니다. 제가 결혼한 이유가 어머니 때문인데 어머니를 숨기다니요. 있을 수 없는 일이었습니다. 저는 당장 옆집으로 가서 어머니를 업고 나왔습니다. 그리고 새색시와 처가식구들이 보는 앞에서 당당하게 어머니를 안방에 눕혔습니다.

"어머니께 인사드립시다."

그리고 집사람과 함께 누워계신 어머니께 절을 올렸습니다. 그토록 원하시던 며느리를 보신 날인데 예식에도 참석하지 못한 어머니였습니다. 처가식구들은 앞으로 저와 집사람이 부부로 살면서 짊어져야 할 삶의 무게를 확인하고는 조용히 돌아가셨습니다. 속으로는 기가 막히셨겠지요.

아무튼 그날부터 저와 집사람이 함께 어머니를 보살펴드렸습니다. 둘이서 어머니를 돌보니 결혼하길 잘했다는 생각이 들었습니다. 고맙게도 집사람이 참 잘해주었습니다. 그래도 어머니 똥 기저귀를 빨 때는 여전히 힘들어했습니다. 그럴 만도 하지요. 한번은 보니까 집사람이 양손에 고무장갑을 끼고서도 고무대야에 물을 받아 담가놓은 똥 기저귀를 직접 만지질 못하고 한 손으론 코를 막고 한 손에는 막대를 들고 휘휘 젓고 있더군요. 그걸 보니 한편으로 이해가 되면서도 어쩐지 집사람이 똥오줌을 못 가리는 어머니를 욕하는 것 같아서 기분이 좋지 않았습니다. 그러나 거기다 대고 뭐라고 하지는 않았습니다. 대신 집사람이 보는 앞에서 일부러 고무장갑도 끼지 않은 맨손으로 똥 기저귀를 빨아놓고 나가곤 했습니다. 그렇게 몇 번 보여주니까 집사람의 태도도 조금씩 달라지는 것 같았습니다.

밤에 잘 때도 어머니와 한 방에서 잤습니다. 신혼이라고 우리만 따로 방을 쓰면 어머니 혼자 밤에 외로우니까 제가 그렇게 하자고 했습니다. 집사람도 싫은 내색하지 않고 그렇게 해주었습니다. 제가 집사람과 어머니 사이에 누워 잠을 잤습니다. 저는 어렸을 때부터 어머니와 한 방에서 잠을 자는 것이 익숙했기 때문에 어머니가 옆에 있어야 잠이 잘 왔습니다. 어머니는 항상 제 허벅지에 손을 올려놓고 주무셨습니다. 새벽에 자다가 깨보면 어느새 어머니의 이불이 제 몸에 덮여져 있고 어머니는 벌벌 떨면서 주무시곤 했습니다. 그런데 이제는 그렇게 아끼던 아들에, 며느리까지 옆에 누워 있어도 아무런 반응이 없으셨습니다. 저는 그런 어머니가 안타까워 점점 굳어져가는 팔과 다리를 밤새 주물러 드리느라 새벽녘에나 잠이 들곤 했습니다. 그런 저 때문에 집사람도 편히 잠을 자지 못했지요.

지금 와서 생각하면 집사람이 참 대단하게 느껴집니다. 요즘 젊은 사람들 같으면 누가 그런 고생을 사서 하겠습니까. 죽고 못 사는 연인 사이라도 똥오줌 못 가리는 병든 시어머니를 모셔야 한다면 쉽게 결혼을 하자고는 못 할 것입니다. 그런데 우리 집사람은 그런 사정을 다 알면서도 저와 결혼해주었습니다. 제 청혼을 받아주지 않았더라도 누구 한 사람 욕할 수 없었을 텐데도 본인의 결정으로 제게 와주었고, 어머니의 힘든 병수발을 끝까지 해주었습니다. 정말 고맙고 미안한 일입니다.

어머니가 저의 첫사랑을 반대하고 굳이 우리 집사람과 선을 보게 하셨던 것이 어쩌면 그냥 우연은 아닐지도 모른다는 생각이 듭니다. 저는 어머니의 어떤 영적인 힘이 돌아가신 후에도 계속 제 옆에 머물며 저를 지금 이 순간까지 인도해왔다고 믿는 사람입니다. 저에게 어머니는 하나의 종교입니다. 어머니의 사랑과 헌신의 힘을 믿습니다. 그리고 저에게 일어나는 모든 일들은 그 믿음의 결과입니다. 어머니의 마지막 순간을 함께 지킬 제 평생의 배우자도 그렇게 정해진 것이 아닌가 생각합니다.

어머니를 위한 간절한 기도

　　　　　　　어머니가 쓰러져 운신을 못하신 지 어느덧 3년이
라는 세월이 흘렀습니다. 저는 하루하루 기도하는 마음으로 어
머니의 쾌유를 빌었지만, 어머니의 심신은 약해져만 갔습니다. 그
러면서 저도 어느덧 어머니의 죽음이 가까워오고 있음을 직감하
고 있었습니다. 인정하고 싶지 않았지만 하루하루 나빠져 가는
어머니의 상태를 지켜보면서 지쳐가고 있었습니다.

　그리고 그 답답한 마음을 어디에 가서 하소연할 수도 없어 혼
자서 매일매일 일기를 쓰기 시작했습니다. 어머니가 돌아가시기
직전까지 계속된 지난날의 기록을 저는 아직도 간직하고 있습니
다. 그때 그 순간 제가 가졌던 간절한 심정들을 잊고 싶지 않기
때문입니다. 다시 펼쳐 봐도 그때의 감정이 새록새록 다시 살아나
가슴이 아픕니다.

일기를 쓰는 순간에도 제 등 뒤로 운명의 시간을 기다리는 불쌍하신 우리 어머니, 고마우신 우리 어머니, 세상에 제일 인자하신 우리 어머니께서 사리분별을 못하시고 누워 계셨습니다. 그럴 때 저는 아들 된 도리로서 어머니를 위한 작은 일 하나도 할 수 없다는 생각에 몹시 괴로웠습니다. 후회해도 소용없는 일이었습니다. 제 자신이 큰 죄를 범한 자, 씻을 수도 없고 헤어날 수도 없는 죄인이 된 듯한 기분이었습니다. 그럴 때면 이대로 죽어버릴까 하는 생각도 들었습니다. 죽음이 두렵지는 않았습니다. 오히려 죽음의 검은 그림자가 저의 죗값을 요구하며 유혹하고 있는 것 같았습니다. 그러나 아직 어머니가 살아계신 한 저는 그 유혹에 굴복할 수 없었습니다. 다만 바람이 있다면, 하나님의 관대한 심판으로 불쌍하신 우리 어머니와 영원히 함께 할 수 있는 곳으로 가고 싶을 뿐이었습니다.

'아, 어머니. 이 외롭고 불쌍한 웅두를 위해 조금 더 살아 계셔주세요. 만약 외로운 웅두만 남겨두고 가시면 저는 못살아요. 어머니, 같이 살아요, 어머니.'

그렇게 간절한 마음으로 기도하고 또 기도했습니다. 그러다 어느 날은 마음이 답답해서 한밤중에 밖으로 나가 바람을 쐬다가 친구를 불러내 술을 진탕 마시기도 했습니다. 술이 들어가니 평소엔 속에만 담아놓고 있던 이런 설움 저런 설움이 복받쳐 오르더군요. 그래도 친구 앞에서 눈물을 보이긴 싫어서 꾹 참고 집에 와서는 어머니 앞에서 마음껏 울었던 기억도 있습니다. 그렇게 한

바탕 울고 나면 그래도 그날은 잠을 푹 잘 수 있었습니다.

한번은 밤에 잠을 자다가 꿈을 꾸었습니다. 꿈속에서 어머니 병세가 위급해져 큰집 식구들까지 전부 모이고 야단이었습니다. 꿈인데도 너무 놀라서 퍼뜩 잠에서 깼습니다. 그러다 다시 설핏 잠이 들었는데, 잠결에 무슨 벌레 같은 것이 제 오른팔을 자꾸 쏘는 것입니다. 놀라서 일어나보니 그 벌레가 있던 자리에 파란 색으로 글씨가 써져있었습니다. 자세히 들여다보니 '춘분기에 병기 씨(아버지 친구)도 안녕하시고, 너의 어머니는 한 번 가면 다시 못 오느니라'라는 내용이었습니다. 그리고 이내 그 글씨가 사라지고 다시 글씨가 두 줄 정도 생겨났는데, 저는 그것이 아버지가 보낸 편지라고 생각했습니다. 그리고 옆집에 사시는 권사님에게 그런 사실을 말씀드렸더니 그분이 잘 아는 어느 교회 목사님한테 아버지의 편지를 가져가라는 것이었습니다. 그러다 잠이 깼습니다. 그게 다 꿈이었던 것입니다. 시계를 보니 아직 깊은 새벽이었습니다. 저는 갑자기 불안한 느낌이 들어 주무시고 계신 어머니를 살펴보았습니다. 다행히 고른 숨을 내쉬고 계셨습니다. 그러나 아무래도 꿈이 이상했습니다. 필시 어머니에게 안 좋은 일이 생길 것을 암시하는 꿈인 것만 같았습니다. 그래서 또 아침 해가 밝길 때까지 걱정과 염려로 잠을 이루지 못했습니다.

그 일이 있은 후부터 어머니의 상태는 더욱 나빠지기 시작했습니다. 15일 동안 식사를 못하시고 겨우 우유만 한 모금씩 잡수시는데 웬일인지 발과 손이 퉁퉁 붓기 시작했습니다. 사람이 죽을 때가 되면 몸이 붓는다고 하는 어른들 말씀을 들은 적이 있어서 이제는 정말 마음의 준비를 해야 하나 싶었습니다. 하지만 어머니가 돌아가시면 어떻게 살아야 되는지 도무지 알 수가 없었습니다.

그때 문득 지난 꿈에서 아버지의 편지를 목사님에게 가져다주라고 한 부분이 생각났습니다. '이제 어머니가 하나님의 나라로 가려고 그런 꿈을 꾸게 하셨나보다'라고 제 나름대로 해석을 했습니다. 그간 어머니나 저나 종교 없이 살아왔지만 어머니의 마지막을 종교에 의탁해도 좋겠다 싶었습니다. 마침 집사람과 처가 식구들이 교회에 다니니 저도 따라서 교회에 나가 예배를 드리기 시작했습니다. 그리고 어설프나마 온 마음을 담아 기도를 했습니다.

"전지전능하신 하나님 아버지, 이 모자를 불쌍히 여기사 구원하여 주옵소서. 아버지, 부지런히 일하여 불쌍하신 어머니를 모실 수 있는 은혜 허락하여 주옵소서. 하나님 아버지 불쌍한 우리 모자를 아버지 홀로 주관하여 주옵소서."

그러나 이렇게 기도를 해도 정신을 잃고 계신 어머니의 얼굴을 바라보면 마음 한구석에 웅크리고 있던 저주와 증오가 한꺼번에 터져 올라오곤 했습니다. 만약 어머니가 돌아가시면 어떻게 살아야 할까, 여전히 막막했습니다. 울고 싶은 이 심정을 누가 알아줄까요. 속이 타는 가슴을 홀로 억제하며 다시 한 번 하나님의 은총이 우리 어머님께 흡족히 내리시기를 손 모아 빌었습니다.

인생의 막바지 길에서 신음하는 어머니를 지켜보며 어쩔 수 없이 마음의 준비를 하게 되었습니다. 우선 혹시 모를 상황에 대비해 돈을 준비해야 할 것 같아서 동네어귀에서 이발소를 경영하는 이후연이란 친구를 찾아가 가지고 있던 시계를 주면서 전당포에 맡기고 돈을 좀 갖다 달라고 부탁했습니다. 그러자 친구는 뜻밖에 염려 말라면서 급한 일에 들어갈 돈을 미리 준비해두었다는 것입니다.

"내가 네 사정을 뻔히 아는데 무슨 일이 생기면 당장 돈이 필요할 것 같아서 조금 준비해뒀다. 너는 걱정 말고 어머니 편하게 가실 수 있게 마음의 준비나 잘 해둬."

친구의 그런 마음에 저는 저절로 고개가 숙여졌습니다. 그 고마움을 이루 말로 표현하기도 힘들었습니다. 그날 친구는 밤새 저를 위로하며 우리 집에서 하룻밤을 뜬 눈으로 보내고 갔습니다. 저도 모르게 감사의 눈물이 흘렀습니다. 그동안 저는 이 세상에서 나의 마음을 알아주는 사람은 아무도 없다고 생각하면서 살았습니다. 겉과 속의 마음을 알 수 없고 형식에 지나지 않는 사람들이 하도 많다보니 내 속마음을 털어놓을 수도 없었습니다. 그러면서 나는 왜 이렇게 울며 살아야만 하는가 신세 한탄만 했습니다. 그리고 그런 울분을 참지 못하고 친구들에게 주먹질을 하며 괜한 화풀이를 하기도 했습니다. 그런데 그런 저에게 보여준 친구의 호의는 그동안 제가 잘못 살아왔구나 하는 반성을 하게 해주었습니다. 그리고 그 순간 다짐했습니다. 나 역시 그 친구 못지않게 친구들을 위하여 힘쓰며 살 것을 말입니다. 어머니가 돌아가시더라도 어쩌면 살아갈 이유가 있을지도 모른다는 생각이 들었습니다.

영면의 나라로
홀로 떠나신 어머니

1967년 6월 12일(음력 5. 5 단오), 어머니는 종일토록 몸부림을 치다가 그만 고달픈 인생길을 멀리하며 천사의 고향 하늘나라로 영원히 떠나셨습니다. 장례를 모시는 날 상여 위에 올라 얼마나 울었는지 모릅니다. 그 모습을 보고 동네 사람들도 같이 많이 울었습니다.

외롭고 불쌍한 저만 남기고 떠나신 어머니, 불러도 소용없고 불효를 사죄해도 소용없는 어머니. 저는 어떻게 하면 어머님의 크신 사랑에 만분의 일이라도 보답할 수 있을까요. 그저 머리 숙여 하나님께 우리 어머님의 영혼을 받아주십사 기도만 할 뿐이었습니다.

세상 어디에 우리 어머니와 같은 분이 또 계실까요? 어머니 가시는 길을 같이 따라가고 싶은 심정이었지만, 어차피 한 번 사는 인생 차례대로 가는 길에 눈물 흘리며 어머니를 먼저 보내드렸습니다. 그리고 돌아가신 어머니 곁에서 마지막으로 함께 잠을 잤습니다. 그리고 출상하는 날이 되어서야 어머니가 돌아가셨다는 것이 실감이 났습니다. 어머니 상여 위에 올라가 얼마나 울었는지 모르겠습니다. 그때서야 허무한 현생에서의 인연의 끈은 그렇게 끊어지지만 생과 사를 넘어 어머니와 저와의 초월적인 사랑은 영원히 함께 하리라 굳건히 믿기로 했습니다. 그렇게 어머니가 쓰러지고 3년을 투병하시다가 돌아가시고 나니 모든 것이 다 허탈하고 온몸의 힘이 다 빠져나가는 것 같았습니다. 하긴 아버지의 투병 기간까지 합치며 거의 10년 동안 병수발을 한 셈이니 지칠 만도 했습니다. 그러나 저에게는 이제 제가 지켜야 할 새 가족이 있었습니다. 장가를 가 부인도 얻었고 곧이어 첫째 아이도 태어났습니다.

큰아들 성민이는 어머니가 돌아가신 그 해 가을, 추석 하루 전날에 태어났습니다. 다들 그렇다고는 하지만 저에게 있어 첫 아이의 출산은 느낌이 남달랐습니다. 어머니가 돌아가시고 태어났기에 더욱 그랬겠지요. 사실 당시 저희 집 사정은 몹시 좋지 않았습니다. 그동안 모아놓은 돈도 없고 어렵게 시작한 농사도 아직 수확 전이라 수중에 정말 아무것도 없었습니다. 하필 그럴 때 태어난 우리 큰아들 성민이에게 미안한 점이 참 많습니다.

그날은 마침 추석 전날이라 동네에서 윷놀이 판이 벌어졌습니다. 아직 산모에게 산기가 없기에 안심을 하고 윷놀이를 하러 나갔습니다. 그날따라 윷이 잘나오는 것이었습니다. 그래서 기분 좋게 술도 몇 잔 했습니다. 그런데 큰어머니가 저를 찾으러 오셔서는 막 뭐라고 하시는 겁니다.

"뭐 하냐! 집구석엔 쌀 한 톨 없는데 새끼는 나오고. 지금 네가 여기서 한가하게 술이나 마실 때냐?"

제가 집을 비운 사이에 첫째 새끼가 태어난 것입니다. 집에 가보니 집사람은 누워있고 갓 태어난 첫째 새끼도 옆에 있었습니다. 집안에 피비린내가 진동하는데 저도 출산이 처음이라 어떻게 해야 할지 몰라 당황스러웠습니다. 다행히 큰어머니와 옆집 아주머니의 도움으로 산모도 아이도 건강하게 출산을 한 모양입니다.

"수고했어."

기진맥진해 있는 집사람에게 한 마디 해주었습니다. 아무것도 없는 집에서 첫 출산을 한 집사람에게 많이 미안했습니다. 그리고 고물고물한 첫 아이를 바라보고 있자니 기분이 이상했습니다. 어머니가 이 모습을 보면 얼마나 좋아하셨을까 생각하니 왈칵 울음이 쏟아질 것만 같았습니다.

아기는 태어났는데 하나도 준비된 게 없었습니다. 당장 먹을 쌀도 없고요. 우선 급한 대로 친구 집에서 조금 빌려오기로 했습니다. 당시 제대한 지 몇 년 지나지 않아서 군에서 입고 나온 군복이 아직 집에 있었는데, 그걸 묶어서 쌀자루를 만들었습니다. 궁색한 살림살이라 뭐 하나 아쉽지 않은 것이 없던 때였습니다. 아무튼 그렇게 군복 쌀자루에 친구네서 빌린 쌀을 담아 자전거에 신고 오다가 생각해보니 집에 애기 포대기라도 하나 있어야 할 것 같았습니다. 그래서 익산 구시장에 있는 한일누비상회라는 가게로 갔습니다. 초등학교 동창인 영철이라는 친구가 하는 이불집이었습니다. 저는 사정을 이야기하고 깔포대기를 외상으로 하나 샀습니다. 그런데 집으로 오는 길에 생각해보니 도저히 포대기 값을 갚을 길이 없었습니다. 다시 친구 가게로 찾아가 사정을 이야기했습니다.

"영철아, 내가 포대기 값을 갚을 길이 없다. 그냥 놓게 갈게."

그랬더니 친구가 말했습니다.

"돈 안 줘도 되니까 그냥 가지고 가."

결국 포대기를 도로 가지고 나왔습니다. 내가 능력이 없으니까 친구들에게 신세만 지는구나 싶어서 자존심도 조금 상하고, 또 한없이 고맙고 미안하기도 했습니다. 훗날 저는 돈을 벌어서 신세졌던 친구들에게 빚을 다 갚았습니다. 나중에 시간이 한참 흐른 후에 동창들을 만나는 자리에서 제가 그 친구에게 우리 큰애 태어났을 때 도와줘서 참 고마웠다고 이야기를 하니까 그 친구는 "내가 그랬어?" 하면서 기억도 못하더군요. 친구들은 자신들이 베푼 호의를 크게 생각하지 않고 있었는지 몰라도 저는 그때 너무나 고맙고 절실한 도움이었기 때문에 시간이 흐른 후에도 절대로 잊지 않고 가슴속에 담아두고 있었습니다. 그리고 언제가 됐든 한 번 받은 은혜는 꼭 갚으면서 살아가는 것이 제 삶의 모토가 되었습니다.

그렇게 아이가 태어나고 첫 가을을 맞이했습니다. 오곡이 한 알 한 알 누렇게 익어가니 머리에 흰 수건을 쓰고 밭에서 일하시던 어머니의 모습이 그리워졌습니다. 그래서 들로 나가던 발길을 돌려 어머니 묘지로 향했습니다.

어머니가 돌아가셨을 때 선산도 따로 없고 돈도 여유가 없어서 그냥 아버지 밭 끝자리에 모셨습니다. 지관도 없고 아무것도 없이, 값싼 나무 관에 어머니를 모시고 하관을 했습니다. 동네 사람들이 도와줘서 겨우겨우 장례를 치른 것입니다. 요즘 장례식처럼 조문객을 받아 음식 대접도 못했습니다. 그래도 어머니가 보고 좋아하시라고 묘지 주변에 코스모스를 심어두었는데, 가을이 되니 그 꽃이 울긋불긋 제법 운치 있게 피었습니다.

그 꽃을 보니 또 우리 어머니가 못 견디게 그리웠습니다. 어머니가 살아서 이 꽃을 보시면 "참 곱다" 하시며 인자한 얼굴로 웃으셨을 텐데 그 모습을 보지 못하니 마음이 아팠습니다. 보고 싶은 마음에 "어메, 어메" 하고 불러보지만 그럴수록 왜 속은 더 답답해지는지 저도 알 수가 없었습니다. 그렇게 몇 시간씩 앉아서 어머니를 그리워하다 하늘나라에서 꼭 행복하시길 바라는 마음으로 기도를 올리고 집으로 돌아왔습니다.

집사람이 첫 애를 낳고 산후조리를 하면서 잘 못 먹어서 그런지 아기에게 먹일 젖이 잘 나오지 않았습니다. 이럴 때 어머니가 계셨으면 없는 살림에도 살뜰하게 살펴주셨을 텐데 하는 아쉬움이 컸습니다. 그러다 문득 제가 갓난아이였을 때 젖동냥으로 저를 키우셨다는 이야기가 생각나 또 울컥했습니다. 그러면서 저도 어떻게 해서든지 내 아이는 굶기지 말아야겠다고 생각했습니다. 그래서 여기저기 알아보니 돼지 족을 고아서 산모에게 먹이면 젖이 잘 돈다고 합니다. 추수를 끝내고 쌀 판 돈으로 갚기로 하고 일단 급한 대로 또 친구에게 돈을 빌려서 돼지 족을 사다가 고았습니다. 어머니 병중에 농사를 짓느라 제대로 수확량도 많지 않은데 돈이 들어와도 여기저기 신세진 빚을 갚고 나면 수중에 남는 것은 하나도 없을 것 같았습니다. 게다가 큰어머니 빚까지 청산하려고 하니 더 빠듯했습니다.

그러다 어느새 가을도 깊어 높푸른 가을하늘이 유리알처럼 채색되어 갈 즈음, 농촌에서는 바쁜 월동 준비가 시작되어 눈코 뜰 새 없이 분주한 나날이 이어졌습니다. 그러다 문득문득 큰어머니께 모두 드리고 나면 나와 우리 식구는 어떻게 살아야 되나 걱정이 되었습니다. 그런 생각으로 맘이 좋지 않을 때마다 어머니 산소에 찾아갔습니다. 그 앞에서 어머니께 신세타령도 하고, 또 보고 싶다 응석도 부렸습니다.

"어메 살아있었으면 처음 보는 손자인데 얼마나 귀여워해주셨을까? 얼마나 즐거워 하셨을까? 그나저나 응두는 이제 어찌 살아야 할까, 어메? 이번에 큰어머니 돈만 해드리고 나면 이제 농사는 그만 지어야겠어. 어디 취직이라도 해야지. 어메가 나 하나 굶기지 않고 잘 키운 것처럼 나도 우리 아이들 굶기지 않고 잘 키울게. 어메가 나 좀 도와줘."

그렇게 어머니 묘소에 다녀온 날이면 꿈속에서 어머니의 모습이 보이곤 했습니다. 하루 종일 어머니를 생각해서 꿈에도 나타나시는 걸까요. 아무튼 꿈속에서 만나면 그게 또 반갑고 좋았습니다. 어떤 때는 제가 보고 싶은 젊고 건강하던 시절의 모습 그대로 나오시기도 하고, 또 어떤 때는 병들고 아플 때 모습으로 나오셔서 저를 안타깝게 하기도 했습니다. 그래도 상관없었습니다. 그저 꿈속에서라도 그리운 어머니 모습을 볼 수 있다는 것만으로도 너무나 고마웠기 때문입니다.

　지금도 보고 싶은 우리 어메

3장

어머니의 이름으로

내 어머니 가신 곳이 어데이더냐.
내 어머니 가신 나라 해 돋는 나라
별천지와 같은 세상, 내 어머니 가신 나라.

보고 싶은 어머니
그곳에 가면 볼 수 있을까.
그 모습 찾지 못해 더욱 그립고 안타까운
고귀한 어머니의 사랑.

김신기 원장님과의 소중한 인연

　　　　저는 결국 농사일을 접고 취직을 하기로 했습니다. 그러나 학교도 중학교밖에 나오지 못하고 변변한 기술도 없는 제가 좋은 일자리를 구하기란 하늘의 별 따기였습니다. 그런데 아버지와 어머니 투병 중에 인연을 맺게 된 삼산의원의 김신기 원장님이 저를 좋게 봐주셔서 많은 도움을 주셨습니다. 저와는 12살 차이가 나는데, 저를 늦둥이 막내 동생처럼 아끼고 보살펴 주셨습니다. 그리고 그 인연이 지금까지도 이어지고 있습니다. 원장님을 만난 것은 제 인생에서 우리 어머니, 그리고 우리 집사람을 만난 것 다음으로 큰 행운이 아닐 수 없습니다.

　예전에도 그렇고 지금 와서 생각해도 그렇지만, 저처럼 별 볼일 없던 사람이 그런 훌륭한 분과 인연을 맺게 된 것이 신기하기만 합니다. 결국 그것도 어머니가 만들어주신 기회가 아니었나 생각합니다. 언젠가 제가 술자리에서 원장님께 여쭈어본 적이 있었습니다. 저 같은 놈을 무엇 때문에 이렇게 살뜰히 챙기시냐고요. 그랬더니 처음에는 아무 말씀도 안하시고 웃기만 하셨습니다. 그런데 약주를 좀 자시고 기분이 좋아지셨는지 이렇게 한 말씀하시더군요.

"나는 응두가 효자라서 좋아."

역시 어머니 덕분이었나 봅니다. 제가 특별히 어머니께 효도를 한 것도 없는데, 다른 사람 눈에는 그렇게 보였는지 모르겠습니다. 아무튼 어머니에 대한 저의 애달픔이 원장님의 마음을 움직였고, 그 덕분에 제가 분에 넘치는 사랑과 도움을 그분께 받아왔습니다.

원장님을 처음 뵌 것은 앞서서도 이야기한 것처럼 아버지가 중풍으로 쓰러지셨을 때입니다. 그렇게 아버지 병환으로 6년 정도 원장님이 운영하시는 삼산의원에 다녔고, 그 후에 어머니까지 쓰러지면서 또 3년을 다녔습니다. 근 10년을 왔다 갔다 하면서 소중한 인연을 맺은 것이지요.

김신기 원장님의 집안은 익산에서 의사 집안으로 유명했습니다. 국가유공자인 김신기 원장님 아버님이 중앙동에 삼산의원을 개원하셨고, 아들인 김신기 원장님이 2대째 이어서 병원을 운영하셨습니다. 당시는 몰랐는데, 나중에 알아보니까 김신기 원장님의 아버님이 익산 지역을 대표하는 독립유공자이신 김병수(金炳洙, 1898~1951) 선생이었습니다.

김병수 선생의 호가 삼산(三山)이고, 병원의 이름이 삼산이 된 것도 그 때문입니다. 김병수 선생은 김제 백구 출신으로 군산 영명중학교를 졸업하고 세브란스 의학전문학교에 입학했으나 졸업을 1년 앞두고 3·1운동에 참가해 서대문형무소에서 1년 3개월을 복역하셨다고 합니다. 당시 만세운동을 적극 주동한 사람들 중 한 사람으로, 민족대표 33인 중의 한 사람이었던 이갑성으로부터 독립선언문과 태극기를 받아 군산과 익산으로 전달하는 역할을 하셨습니다.

광복 후에는 건국준비위원회의 부위원장으로 활동하셨고, 1947년에는 이리읍에서 승격한 이리부의 초대 부윤을 지내셨습니다. 한국전쟁 당시에는 제5육군병원에서 군의관으로 활동하기도 하셨답니다.

김병수 선생이 익산 중앙동에 삼산의원을 개원한 것은 광복 전인 1922년이었습니다. 그 당시 익산에는 총 8개의 병원이 있었는데, 그중에서 일본인이 아닌 한국인이 운영하는 병원은 삼산의원을 비롯해 3~4개 정도밖에 되지 않았다고 합니다. 나라를 잃고 먹고 살기도 힘든 우리 동포들에게 일본인 의사가 아닌 한국인 의사가 병을 치료해준다는 그 자체만으로도 많은 위로가 되었을 것입니다. 실제로도 김병수 선생은 '의술은 곧 인술'이라는 말을 몸소 실천한 분이었고 주민들의 존경을 한 몸에 받으셨습니다.

그런 아버지의 영향을 받아 의사가 되신 김신기 원장님 역시 돈에 대한 욕심보다는 아픈 사람들의 병은 물론 그 마음까지도 돌보는 의사로서 인술을 베푸셨습니다. 또한 지금도 어렵고 힘든 환자들의 사정을 그 누구보다 잘 보살펴주시고 계십니다.

해방되던 해, 김병수 선생이 운영하던 삼산의원 건물에 불이 나서 벽돌로 된 외벽을 제외하고 내부가 전소되어 대대적인 공사를 한 적이 있다고 합니다. 그리고 그 이후에 아들이신 김신기 원장님의 부인이자 산부인과 의사인 손신실 여사님과 함께 병원을 물려받아 운영을 하게 된 것입니다. 원장님은 연세대학교 의과대학에서, 사모님은 전남대학교 의과대학에서 각각 의사 공부를 하셨습니다. 두 분은 2층짜리 건물에서 내과, 외과, 산부인과 진료를 함께 하셨습니다. 원장님은 이후 새 건물로 이사를 해 삼산의원을 새롭게 개원하셨고, 구 삼산의원 건물은 현재 국가로부터 등록문화재로 지정되어 있습니다.

저는 중앙동에 있는 원장님의 병원에서 20년 가까이 응급차 운전수로 일했습니다. 어머니가 돌아가시고 아무것도 가진 것이 없이 어떻게든 처자식을 먹여 살려야 했던 저의 사정을 딱하게 여기시고 원장님이 저를 거두어 주신 것입니다. 남들이 보기엔 걸핏하면 주먹이나 휘두르는 건달 같은 저에게 원장님은 무한한 신뢰를 보여주셨습니다. 그런 원장님 곁에서 저도 충직하게 일했습니다.

꿈에 본 어머니의 보살핌으로
시작된 직장생활

　　어머니가 돌아가시기 전에 원장님 소개로 고무신 만드는 공장에 잠깐 다닌 적이 있었지만 오래 다니지는 못했습니다. 하던 일이 아니라 너무 힘들었습니다. 게다가 하루 종일 힘들게 일하고 집에 와보면 어머니는 오늘 내일 하면서 누워계시니 정신적으로도 많이 힘들었습니다. 원장님 소개라 나오지도 못하고, 그때 남몰래 울기도 많이 울었습니다.

　그러다 어머니가 돌아가시고 이런저런 사정이 생겨 고무신 공장일은 그만두게 되었습니다. 그런데 어머니가 돌아가시고 보름 정도나 지났을 때였을까요? 꿈속에서 어머니를 보았습니다. 제가 마루에 혼자 앉아있는데 어머니가 대문을 밀고 들어오시는 겁니다. 밤색 몸빼바지에 삼베 등거리를 걸치시고 커다란 함석 다라이를 머리에 이고 계셨습니다. 그리고는 제 옆에 앉으시면서 다라이를 내려놓으시는데 그 안에 파란 돔보콩이 하나 가득 들어있었습니다. 어머니는 저의 어깨를 두드리며 이렇게 말씀하시는 것이었습니다.

"우리 웅두, 고생해서 얼굴이 핼쑥하구나. 내가 너 살게 해줄게. 걱정하지 말고 살아."

그 말씀을 하고 홀연히 떠나가셨습니다. 저는 다 필요 없으니까 제발 가지 말라며 "가지마, 가지마!" 소리를 질렀습니다. 그러다 꿈에서 깼습니다. 시간을 보니 새벽 1시 정도였습니다. 꿈인데도 어머니가 진짜 왔다 간 것처럼 생생했습니다.

그 꿈을 꾸고 난 후부터 거짓말처럼 생활의 어려움이 조금씩 풀리기 시작했습니다. 그 첫 시작은 김신기 원장님의 보증으로 다시 취직이 된 것입니다. 어머니가 돌아가시고 난 후로는 병원에 갈 일이 없을 줄 알았는데, 큰아들 성민이가 엄마 젖을 잘 못 먹어서 그런지 자꾸 아파서 삼산의원 소아과에 다니게 되었습니다. 다른 병원은 병원비 걱정 때문에 못 다녀도 삼산의원은 그래도 원장님과의 인연 덕분에 마음 편히 다닐 수 있었습니다.

하루는 성민이를 데리고 병원에 다녀오는 길에 '호남라디오'라는 상호가 붙은 전자제품 판매점에서 수금사원을 모집한다는 문구가 문 앞에 붙어 있는 것을 보았습니다. 마침 새로운 일자리를 알아보고 있던 저는 망설임 없이 문을 열고 들어가서 일하고 싶다고 말했습니다. 그러자 판매점 사장은 저를 한 번 훑어보더니 이 일은 돈을 만지는 일이기 때문에 신원보증이 필요하다고 했습니다. 요즘은 신용카드 할부로 전자제품을 구입하지만 당시엔 판매점에서 라디오나 냉장고를 팔고 그 대금을 일수로 받았습니다. 집집마다 찾아다니며 할부금을 받고 일수를 찍는 것이 수금사원이 하는 일이었습니다. 그런데 돈을 직접 만지는 일이다 보니 신원보증이 필요했습니다.

믿을 만한 사람이 신원 보증서를 써주면 바로 채용해주겠다는 말을 듣고 제 머릿속에는 원장님 얼굴이 떠올랐습니다. 익산 중앙동에서 삼산의원 김신기 원장보다 더 신망 받는 인물은 없을 듯싶었습니다. 저는 성민이와 함께 곧바로 다시 병원으로 갔습니다. 원장님은 좀 전에 진료를 받고 갔는데 다시 오니까 놀라서 물었습니다.

"왜 성민이가 많이 안 좋아?"

"아니요, 원장님. 부탁드릴 것이 있어서 왔습니다."

그리고 사정을 말씀드렸더니 껄껄 웃으시며 "그럼, 당연히 써줘야지" 하시면서 그 자리에서 자필로 제 신원을 보증한다는 내용의 메모를 써주셨습니다. 저는 감사의 인사를 꾸벅하고 다시 호남라디오 사장에게 가서 그것을 전해주었습니다. 그렇게 저는 전자제품 판매점의 수금사원으로 일할 수 있게 되었습니다. 그 일은 고무신 공장에 비하면 일도 훨씬 쉽고 벌이도 좋았습니다.

그러던 중 한번은 원장님이 제가 일하는 전자제품 판매점에 냉장고를 사러오셨습니다. 안 그래도 원장님이 신경써주신 게 항상 고맙고 어떻게 보답을 해야 할지 고민하던 차에 잘됐다 싶었습니다. 저는 사장한테 원장님이 이런저런 분이니까 이윤 남기지 말고 싸게 드리라고 부탁드렸습니다. 마침 원장님도 일수로 사신다기에 저에게 돌아오는 수당도 받지 않겠다고 했습니다. 그랬더니 사장이 알겠다며 그러겠다고 했습니다. 그래서 저는 기분 좋게 원장님에게 제가 특별히 싸게 드리는 거라고 생색도 좀 냈습니다.

"내가 응두 자네 덕을 보는군. 고맙네."

별 거 아니지만 원장님께 그런 소리를 들으니까 기분이 좋았습니다. 그런데 나중에 일수를 받으러 다니면서 보니까 사장이 저한테 거짓말을 하고 냉장고 값을 하나도 안 빼고 그대로 다 받았더군요. 제 수당까지 자기가 먹고 말입니다. 저는 너무 화가 나서 사장에게 가서 따졌습니다. 그랬더니 사장은 자기는 잘못한 것이 없다는 식으로 말하는 것이었습니다. 그때 도저히 이 사장과는 함께 일할 수 없겠다 싶었습니다. 제가 아무리 없이 살아도 사람을 속이면서까지 자기 이윤을 챙기는 사람은 두고 보는 성격이 못 되었습니다. 무엇보다 원장님께 너무 죄송하고 괜한 생색을 냈던 것이 민망했습니다. 결국 저는 다닌 지 3개월 만에 그 일을 그만두고 나왔습니다.

저는 원장님이 직접 써주셨던 신원 보증서를 도로 달라고 하고선 그걸 들고 원장님을 찾아가 그만두게 된 사정을 말씀드렸습니다.

"죄송합니다. 원장님 뵐 면목이 없습니다."

"아닐세. 오히려 잘 됐군."

"네? 잘 됐다니 무슨 말씀이세요?"

"실은 내가 따로 시키고 싶은 일이 있었거든. 자네 운전면허 없지?"

이야기인즉슨, 원장님이 병원 응급차를 구입할 계획인데 그 응급차를 저더러 운전하라는 것이었습니다.

"제가요? 응급차를 아무나 몰아도 되나요?"

"그러니까 배워야지. 당장 가서 운전면허부터 따라."

저는 그 한마디에 곧장 전주에 있는 면허시험장으로 달려갔습니다. 그리고 가진 돈을 다 털어 등록을 했습니다. 그런데 막상 운전을 해야 한다고 생각하니 갑자기 겁이 더럭 났습니다. 그래서 운전대 한 번 잡아보지 못하고 다시 익산으로 와서 원장님을 찾아가 말씀드렸습니다.

"원장님, 도저히 못할 것 같습니다."

"왜, 돈 때문에 그래? 면허 따는 데 들어가는 돈은 내가 대줄 테니까 자네는 열심히 연습이나 해."

"돈 때문이 아니고……."

차마 겁이 나서 못하겠다는 말씀은 못 드리고 쭈뼛거리니까 원장님이 눈치를 채시고는 웃으면서 말씀하셨습니다.

"두 발 자전거는 타면서 네 발 자동차는 왜 못 타냐?"

그날 집에 돌아와서 생각해보니 원장님 말씀대로 남들도 다 하는 걸 나라고 못할 것 없다는 생각이 들었습니다. 괜히 겁부터 먹은 제 자신이 부끄럽기도 했습니다. 이미 등록비까지 다 냈으니 그 돈을 그냥 날릴 수도 없는 일이었습니다.

'어메, 내가 잘 할 수 있게 용기를 줘.'

저는 속으로 어머니를 부르며 도와달라고 기도했습니다.

그리고 다음 날, 다시 마음을 다잡고 전주로 갔습니다. 면허를 따기 전에는 집에도 돌아오지 않을 각오로 간 것입니다. 그리고 20일 만에 운전면허를 취득했습니다. 제 평생 처음 가져보는 자격증이었습니다. 처음엔 보통 1종 면허를 땄는데, 얼마 후에 응급차는 대형 1종이 있어야 한다고 해서 다시 시험을 봐서 대형 1종을 취득했습니다.

그렇게 운전면허를 따고 나니까 원장님께서 병원으로 출근을 하라고 하셨습니다. 아직 응급차가 들어오기 전이라서 당장은 할 일이 없었지만 그래도 병원의 잡일을 도우면서 왔다 갔다 했습니다. 그랬더니 월급으로 당시 돈 5천 원을 주셨습니다. 아직 정식으로 응급차 운전을 시작하기도 전에 월급을 받는 것이 죄송했습니다. 저는 원장님께 누가 되는 일이 없도록 운전 연습이나 더 해두기로 했습니다. 면허를 따긴 했지만 실전 경험이 부족해서 아직 자신이 없었기 때문입니다.

저는 병원 일이 끝나면 무조건 현금을 들고 택시를 잡아탔습니다. 그리고 택시기사의 눈치를 살피다가 양해를 구했습니다.

"제가 운전 연습을 해야 하는데 차가 없어서요. 돈은 드릴 테니 가는 데까지만 제가 운전을 할 수 있게 해주시겠어요?"

그러면 혹시 사고라도 날까봐 싫다고 하는 사람도 있었지만 돈을 준다니까 기꺼이 운전대를 내주는 기사도 있었습니다. 그런 식으로 날마다 조금씩 실전 연습을 했습니다.

그렇게 시간이 얼마간 지나고 마침내 응급차가 들어오는 날이 되었습니다. 당시만 하더라도 병원 응급차가 널리 보급된 때가 아니어서 웬만큼 큰 병원 아니면 보기 힘들었습니다. 자동차 회사에서도 주문이 들어오면 그때마다 한 대씩 만들어 출고를 하기 때문에 주문을 넣고도 한참을 기다려야 했습니다. 저는 원장님과 사모님을 모시고 자동차 공장이 있는 경기도 부천으로 갔습니다. 그런데 차가 나오려면 이틀 정도 더 걸린다고 해서 원장님과 사모님은 병원 일 때문에 먼저 익산으로 내려가시고, 저만 부천에 남아 근처에서 기다리다가 차가 나오면 직접 운전해서 가지고 가기로 했습니다.

이틀 후, 드디어 응급차가 나왔습니다. 면허도 따고 그 사이 택시기사에게 돈을 주고 조금씩 시내에서 운전 연습을 하기는 했지만 막상 새 응급차를 몰고 갈 생각을 하니 자신이 없었습니다. 운전대에 앉으니까 더욱 긴장이 되어서 등에서 식은땀이 다 흘렀습니다.

'어쩌지. 큰일이네.'

도무지 다리가 움직여지질 않았습니다. 그렇게 앉아있다가는 언제 출발을 하게 될지 몰라서 주변을 수소문해 고속도로까지만 운전해줄 사람을 돈을 주고 구했습니다. 다행히 차가 나올 동안 기다리면서 경비로 쓰라고 원장님이 주고 가신 돈이 있었습니다.

마음 같아서는 익산까지 가자고 하고 싶었지만 돈도 모자라고 일단 고속도로만 타면 어찌어찌 갈 수 있을 것 같기도 했습니다.

고속도로 입구에서 운전대를 넘겨받고 운전을 해서 익산까지 오긴 왔습니다. 하지만 중간에 길을 잘못 들어서 부여 쪽으로 들어가는 바람에 고생고생을 다하고 천신만고 끝에 병원에 도착을 했습니다.

"수고했다. 별 일 없었지?"

원장님이 물어보시는데 걱정하실까봐 그렇다고 대답을 하고는 속으로 혼자 안도의 한숨을 쉬었습니다.

다음날, 병원도 쉬는 날인데 웬일로 사모님께서 저를 부르셨습니다.

"성민아, 차 좀 운전해야겠어."

원장님은 저를 그냥 "응두야!" 하고 이름을 부르셨지만 사모님은 저를 저희 첫째인 성민이의 이름으로 부르셨습니다.

"네? 병원도 쉬는 날인데 왜요?"

사모님이 전주에 지인들을 만나러 가야 하는데 시승식도 하고 새로 산 응급차도 자랑할 겸 타고 가신다는 것이었습니다. 아직 운전이 익숙하지도 않은데 또 다시 익산을 벗어나 전주까지 가야 한다는 것이 너무 부담스러웠습니다. 그러나 차마 사모님께 못하겠다는 말씀은 못 드리고 그대로 운전대를 잡았습니다. 사모님과 간호사 3명을 태우고 가는데, 손이 벌벌 떨릴 지경이었습니다. 그래도 사모님과 간호사들이 불안해할까 봐 내색은 못하고 혼자서 무던히 애를 썼습니다. 이러다 사고라도 나면 큰일이다 싶어 마음의 안정을 좀 찾으려고 사탕을 한 개 입에 물었습니다. 어찌나 긴장을 했는지 전주에 도착할 때까지 입에 문 사탕이 하나도 녹지 않았더군요.

어찌되었든 전주까지는 무사히 잘 도착했습니다. 그런데 전주 시내에서 약속 장소로 이동을 하다가 그만 전봇대에 차 옆구리를 밀어버리고 말았습니다. 황급히 내려서 살펴보니 문짝이 조금 찌그러져 있었습니다. 하루도 채 안된 임시번호판을 단 새 차에 흠집을 만들어 버린 것입니다. 창피해서 얼굴이 화끈거리고 쥐구멍이라도 있으면 들어가고 싶은 심정이었습니다.

'나는 운전이랑 안 맞나보다.'

저는 잔뜩 풀이 죽어 그렇게 생각했습니다. 원장님이 특별히 생각해서 운전사로 일할 기회를 주셨는데 제대로 하지도 못하고 이렇게 자꾸 피해만 드려서 너무 죄송하고 죽고 싶은 심정이었습니다.

다음 날 아침, 저는 병원에 출근하자마자 원장님을 찾아가 도저히 운전을 하지 못하겠다고 말씀드렸습니다. 그러자 원장님이 껄껄껄 웃으시면서 이렇게 말씀하셨습니다.

"응두야, 새 차 긁은 것 때문에 그러냐? 그래도 앞이 아니라 옆이라 다행이다. 사람 뼈도 부러진 자리가 더 단단해 지는 법이야. 가서 고쳐라. 제대로 액땜했으니 앞으로 별 탈 없이 잘 굴러 갈 거다."

화를 내도 모자랄 판에 오히려 웃으며 저를 격려해주시는 원장님. 세상에 이런 호인이 또 있을까요. 저는 그 마음이 너무 고마웠습니다. 출근 전까지만 해도 원장님이 무슨 말씀을 하시든 그만 둘 생각이었는데, 차마 그럴 수 없었습니다. 감히 저는 원장님 말씀을 거스를 수 없었습니다. 그 순간부터 저는 마음을 다잡으며 제 소임을 다하기 위해 노력했습니다.

응급차를 고치고 하루하루를 보내던 어느 날, 한번은 원장님께서 김제 백구에 저녁식사 모임이 있다고 해서 차로 모시고 갔습니다. 그런데 원장님을 내려드리고 혼자서 차를 돌리다가 그만 하수구에 한쪽 바퀴가 빠지고 말았습니다. 혼자 힘으로는 도저히 어찌할 수가 없어서 오며 가며 기름을 넣는 단골주유소에 연락을 해서 사정을 이야기하고 도와달라고 했습니다. 원장님이 모임을 마치고 나오시기 전에 빼내야 할 텐데 초조한 마음으로 기다리고 있으니 주유소 사장님이 6톤 화물차를 끌고 와서 빼주셨습니다. 진땀을 한 바가지는 흘렸던 순간입니다.

그 후에 그럭저럭 운전 실력이 늘어서 자신감이 좀 생겼습니다. 그러다보니 저도 모르게 방심을 하게 되었습니다. 병원 일이 조금 일찍 끝나서 저녁에 친구들과 모처럼 술 한 잔을 했습니다. 그런데 낮에 볼 일을 보러 김제로 가셨던 원장님이 당장 차를 가지고 오라는 연락을 해오셨습니다. 술을 마셔서 운전을 하면 안 되었지만 별 일이야 있을까 하는 안이한 생각으로 차를 몰고 길을 나섰습니다.

그러다 뒤늦게 술기운이 올라 그만 졸음운전을 하고 말았습니다. 결국 김제 쪽 뚝방길에서 충돌사고를 내고 말았습니다. 그제야 정신이 번쩍 들더군요. 다행히 몸은 다치지 않았는데 차가 망가져서 수리를 해야 했습니다. 원장님께는 중간에 사정이 생겨 못 가게 되었다고 둘러대고는 혼자서 몰래 자동차 공장에 차를 입고시키고 왔습니다. 그리고 마침 예비군 훈련을 2박 3일 동안 받게 되어서 그 핑계로 병원에 나가지 않았습니다. 그 안에 차가 수리되기만 바랄 수밖에 도리가 없었습니다. 다행히 훈련을 마치고 나오니까 수리가 다 되어 있어서 차를 가지고 병원으로 갔습니다. 원장님이 대충 눈치를 채신 것 같았습니다. 그래도 별다른 추궁은 하지 않으셨습니다. 지금 생각해도 얼마나 고마운지 모르겠습니다.

그렇게 삼산의원의 응급차 운전수로서의 새 생활이 본격적으로 시작되고, 이런저런 말 못할 사고도 많이 겪었습니다. 그래도 큰 탈 없이 20년 넘게 그곳에서 일했습니다. 어쩌면 꿈에 보았던 어머니가 걱정 말라고, 다 살게 해주겠다고 하신 것이 이 직장을 두고 한 말이 아닐까 나중에 가서 생각하게 되었습니다. 그렇게 두렵고 자신 없었던 병원 응급차 운전으로 생활을 꾸리고 가족들을 돌봤으니 말입니다. 응급차 운전을 하면서 힘든 순간도 많았고, 때론 생명의 위협을 느끼는 위험한 순간들도 있었지만 그래도 별 탈 없이 잘 지낼 수 있었던 것도 어머니의 보살핌 덕분이었던 것 같습니다.

그러한 생각은 시간이 갈수록 확신으로 변하기 시작했습니다. 그리고 어느 순간부터 저에게 어머니는 단순히 돌아가신 어머니가 아니라, 저를 보살피고 인도하는 하나의 종교가 되었습니다. 하나님의 말씀을 믿는 기독교인으로서 어쩌면 올바른 태도가 아닐지도 모르겠지만, 그것은 저에게 있어 어쩔 수 없는 불가항력이었습니다.

병원 일을 하면서 겪었던 일들

　　제가 병원에서 일하기 시작한 것은 어머니가 돌아
가신 다음 해인 1968년부터였습니다. 그때부터 원장님이 정년이
되어 중앙동에 있는 삼산의원의 문을 닫으실 때까지 계속 일했
습니다. 단순히 병원 응급차 운전수로서 환자 이송만 한 것이 아
니라 병원의 여러 잡무도 같이 도맡아 하고, 원장님의 집안일을
봐드리며 집사 같은 역할을 했습니다.

　당시 원장님은 당신의 인감도장을 저에게 맡기실 정도로 저를
믿으셨습니다. 저 역시 원장님이 오로지 환자 진료에만 집중하실
수 있도록 그 외의 일들은 알아서 처리하곤 했습니다. 그러고 나
서 원장님께 나중에 보고를 드리면 "응두가 알아서 했겠지" 하시
면서 꼬치꼬치 따져 묻지도 않으셨습니다.

　원장님은 운동도 좋아하고 남자다운 면이 강하신 분이십니다.

그런 점이 저와 잘 맞았던 것 같습니다. 원장님이 평소에는 불같은 성격이신데, 저에게는 한 번도 화를 내신 적이 없습니다. 항상 제 말을 잘 들어주시고 한 가족처럼 대해주셨습니다. 저는 지금 병원 일을 그만두었지만 지금도 원장님을 자주 뵈러 갑니다. 특별한 일이 없어도 1~2주에 한 번은 원장님 댁 앞으로 찾아가서 좋아하시는 소주도 같이 마시고 이런저런 사는 얘기도 나눕니다. 지금은 여든 살을 훌쩍 넘으셨지만 정정하신 편입니다. 전처럼 진료를 많이 하지는 않으시지만 병원에도 매일 나가십니다. 원장님은 저를 볼 때마다 고맙다는 말을 하십니다. 그러면 저는 그런 말씀 마시라고 합니다. 오히려 고마워해야 할 사람은 저니까요.

사모님은 저를 한동안 못마땅하게 여기셨습니다. 굉장한 미인이셨는데, 클래식 음악을 즐겨들으시고 성품이 고상하신 분이셨습니다. 그래서 처음엔 저처럼 나긋나긋한 면도 없고 거친 성격은 부담스러워 하셨습니다. 그래도 한동안은 참고 봐주셨는데, 2~3년쯤 지난 어느 날은 도저히 못 참으시겠는지 저를 따로 불러 부탁을 하시더군요.

"원장님이 성민이를 좋아하는 건 알겠는데 이제 그만두어줬으면 좋겠어."

저는 응급차 운전수이기도 했지만 원장님이나 사모님의 개인 기사의 역할도 하고 있었습니다. 다른 기사 같으면 사모님이 타고 내리실 때 차문도 열어드리고 인사도 싹싹하게 할 텐데, 저는 성격상 그런 것을 잘 못하니까 사모님 입장에서는 불편하셨던 모양입니다. 돈 주고 고용한 사람인데 일하는 게 마음에 안 들면 다른 사람으로 바꾸고 싶은 마음이 생길 수도 있지요. 사모님은 오라면 오고, 가라면 가는 그런 고분고분한 사람을 원하셨던 것입니다. 저는 그 마음을 충분히 이해했습니다. 그래서 사모님이 원하신다면 그만두겠다고 했습니다.

그러나 원장님의 만류로 결국 그만두지는 못했습니다. 사모님도 원장님이 워낙 완강하게 나오시니까 별 말씀 못하셨습니다. 사모님께는 죄송하지만 저는 계속 그 자리를 지키게 되었습니다. 물론 나중에는 사모님도 저에게 적응을 하셔서 편하게 생각해주셨습니다.

원장님은 저에게 운전을 배우겠다고 하셨습니다. 그래서 제가 병원 일을 하는 동안 원장님께 운전하는 법을 가르쳐드렸습니다. 원장님과 저는 병원업무가 끝나면 차량을 몰고 나가 함께 연습을 했습니다. 원장님은 운전을 금방 배우셨고 아주 잘하셨습니다. 1970년대 초만 해도 운전을 할 줄 아는 사람이 지금처럼 흔한 시절은 아니었습니다. 어쨌든 덕분에 저는 병원에서 나오는 월급으로 처자식을 먹여 살렸습니다. 그 사이 둘째 성희와 셋째 성헌이가 태어나 식구가 늘었습니다. 넉넉하진 않았지만 그래도 우리 다섯 식구가 생활하는 데는 걱정이 없었습니다.

오랜 시간 병원 일을 하는 동안 이런저런 우여곡절도 많았습니다. 당시엔 병원에서 환자가 죽으면 응급차로 집에 실어다주는 일이 많았습니다. 그땐 장례를 대부분 집에서 치렀기 때문입니다.

한번은 죽은 환자의 시체와 유가족을 함께 싣고 가는데 그 유가족들이 어찌나 서럽게 우는지, 저도 돌아가신 어머니 생각이 나서 함께 울었습니다. 그렇게 울면서 비포장 길을 달리다가 그만 실수로 차를 밭고랑에 처박고 말았습니다. 논밭 사이로 난 좁은 길을 다닐 때 종종 일어나던 사고였습니다. 다행히 아무도 다친 사람은 없었습니다. 후륜차라 나오는 데도 큰 어려움은 없었습니다. 저는 유족들에게 사과하고 후진으로 차를 빼서 무사히 집까지 모셔다드렸습니다. 이러한 일은 작은 해프닝에 불과하고, 더 큰 사건들도 많았습니다.

한번은 익산에서 주먹 꽤나 쓴다는 건달의 부인이 병원에서 치료를 받던 중에 죽는 일이 발생했습니다. 그날이 토요일이었고 원장님은 오전 진료를 마치고 골프를 치러 가신다고 자리를 비운 상태였습니다. 하필 그때 그 환자가 응급으로 들어왔습니다. 급한 대로 원장님을 돕던 남자 간호조무사가 응급처치를 하다가 안 되겠는지 저에게 골프장에 가서 원장님을 모셔오라고 했습니다. 저는 부리나케 응급차를 끌고 가서 골프를 치고 계시던 원장님을 모시고 왔습니다.

급하게 오신 원장님이 환자 상태를 살폈습니다. 그러더니 아무래도 힘들 것 같다면서 전주에 있는 큰 병원으로 옮겨야 한다고 하셨습니다. 그래서 제가 환자를 응급차에 싣고, 원장님과 환자의 남편이 보호자 자격으로 함께 탔습니다. 당시 그 환자가 어디가 아팠는지 정확한 것은 기억이 나지 않습니다. 아무튼 생명이

위독한 상태였고, 그 상태로 차에 태워 전주로 이송하는 중간에 그만 숨이 끊어지고 말았습니다. 사실 우리 병원에 올 때부터 이미 손 쓸 수 없는 상태였던 것입니다.

어쨌든 어찌어찌 전주에 있는 예수병원에 도착을 했는데, 그 병원에서는 환자가 죽었다고 받아주질 않았습니다. 상황이 이렇게 되니 그 남편이 원장님 멱살을 붙잡으면서 자기 부인을 살려내라며 행패를 부리기 시작했습니다. 그 모습을 보니 제 눈이 뒤집혔습니다. 저도 한때는 싸움이라면 누구에게도 뒤지지 않던 사람이라 그런지 그 사람이 원장님을 때리려고 위협하니까 도저히 참지를 못하고 덤벼들었습니다. 제가 발로 몇 대 치니까 쓰러지더군요. 그걸 보고는 원장님이 저를 말리셨습니다.

"웅두야, 상주한테 뭐하는 짓이냐. 그만 둬라."

성질 같아서는 몇 대 더 때려주고 싶었지만 원장님이 말리시니 참았습니다. 그리고는 다시 익산 우리 병원으로 돌아왔습니다. 원장님은 차에서 내려 상주와 함께 원장실로 들어가시고 저는 시신을 모시고 차고 앞에 있었습니다. 그런데 병원에서 잔심부름을 하는 어린 사환이 사모님 전갈이라면서 쪽지 하나를 주고 갔습니다. 펼쳐보니 지금 병원에 건달들이 들이닥쳐서는 자기 형님을 때린 운전수를 잡아 죽이겠다고 난리가 났다는 것입니다. 상주가 저한테 발로 몇 대 맞은 것이 억울했는지 데리고 있는 애들을 부른 것이었습니다.

제가 때렸던 상주는 ○아무개라고 익산에서 꽤 큰 도박장을 운영하면서 그 밑에 건달들을 여러 명 거느리고 있었습니다. 요즘은 익산역 근처의 지역 경제가 거의 다 죽고 상권도 다른 곳으로 이전되어 빈 가게도 많고 쇠락했지만, 당시엔 병원 근처가 번화가라서 유흥시설도 많고 그 이권을 노리는 건달들이 많이 있었습니다. 다방에 가면 그런 친구들이 한 가득이던 시절이었습니다.

아무래도 쉽게 끝날 일은 아닌 것 같았습니다. 도망을 갈까도 생각했지만 그랬다간 건달들이 병원에서 어떤 난동을 피울지 모르니 그럴 수도 없었습니다. 저는 사환 아이에게 안에 들어가 제 운동화를 가지고 나오라고 했습니다. 편하게 운전하려고 슬리퍼를 신고 있었는데 건달들을 상대하려면 신발부터 제대로 신고 있어야 할 것 같았기 때문입니다. 잠시 후에 사환 아이가 가져다준 운동화로 갈아 신고 있자니 15~20명 정도 되는 건달들이 우르르 몰려나왔습니다.

"네가 우리 형님 건드린 놈이냐?"

그리고는 다짜고짜 저를 벽에 몰아세우더니 막 치는 것입니다. 괜히 섣불리 같이 주먹을 휘둘렀다가는 일이 더 커질 것 같아서 이를 악물고 버텼습니다. 십대 때부터 운동으로 다져진 몸이라 맷집에는 자신이 있었습니다. 그렇게 한동안 신나게 두들겨 패더니 "야, 이제 원장 조지러 가자"라고 하면서 3명만 남고 나머지는 다시 병원 안으로 들어갔습니다. 혹시 도망갈까 봐 응급차 시동키도 뺏어가더군요. 저는 도망갈 생각은 없었습니다. 다만 건달들이 원장님께 해코지를 할까봐 그게 걱정이었습니다.

남아서 저를 지키고 있는 3명을 슬쩍 훑어보니 대충 누군지 아는 사람이었습니다. 같은 지역 출신이다 보니 한두 명만 건너면 다 알만한 선배고, 후배였습니다. 제가 한때 운동 좀 하고 주먹질도 좀 해서 그런지 건달들하고 직접적으로 얽히진 않았어도 그들도 제 이름 정도는 알고 있었습니다.

저는 그 3명에게 배도 고프고 목도 마른데 나가서 뭐라도 좀 먹자고 꾀었습니다. 그랬더니 자기들도 허기가 졌는지 한 명이 가게에 가서 빵이랑 맥주를 사가지고 왔습니다. 그걸 병원 앞 차고에 앉아서 먹었습니다. 그런데 맥주 한 잔이 들어가니까 갑자기 취기가 확 올랐습니다. 당시엔 제가 술을 잘 못 마실 때였습니다. 게다가 새벽부터 움직이면서 하루 종일 정신이 없다가 술이 들어가니까 정말 딱 한 잔에 취하고 말았습니다.

그야말로 술김에 자리를 박차고 일어나 웃통을 벗어젖히고 병원 안으로 돌진해 들어갔습니다. 저의 갑작스러운 행동에 저를 지키던 녀석들도 당황해서 어쩌지를 못했습니다. 병원 입구 복도부터 원장실까지 건달들이 진을 치고 있었습니다. 저는 그들의 어깨를 힘으로 밀치면서 계속 안으로 들어갔습니다. 그때까지만 해도 운동을 한참 하던 시절이라 몸도 좋고 힘도 장사였습니다. 그렇게 원장실까지 치고 들어가서 단숨에 ○아무개의 목덜미를 움켜잡았습니다.

"너, 그거 안 놔?"

자기들 보스가 제 손에 잡힌 것을 보고 흥분한 건달들이 소리를 질렀습니다.

"못 놓겠다면 어쩔래?"

그러자 건달들이 원장실 거울과 유리창을 박살내면서 순식간에 험악한 분위기를 만들었습니다. 그러더니 힘 좋은 녀석 서너 명이 한꺼번에 달려들어 저를 기어이 자기들 보스에게서 떼어내더니 번쩍 들어 밖으로 끌고 나갔습니다. 어차피 상대 인원이 너무 많아서 저 혼자서 어찌할 수 없다는 것을 저도 알고 있습니다. 다만 제가 들어가서 소란을 피우는 사이에 원장님이 도망을 갔으면 하고 바랐던 것입니다. 그런데 들려나오면서 보니까 원장님이 도망을 가기는커녕 그 와중에 손이 찢어진 건달 녀석의 상처를 봉합하고 계셨습니다. 그 모습을 보니 어이없으면서도 우리 원장님이 참 대단한 분이구나 싶었습니다. 그래도 제가 분이 안 풀려서 "이거 안 놔?" 하면서 막 소리를 지르니까 원장님이 단호한 목소리로 한 말씀하셨습니다.

"그만 해라. 넌 할 만큼 했다."

그 말씀을 들으니 제 몸에서 힘이 다 빠져나가는 느낌이었습니다. 그렇게 맥없이 녀석들 손에 끌려 밖으로 나왔습니다. 그 난리를 치고 나와서 시간이 얼마나 지났을까, 원장님하고 ○아무개하고 합의가 되었는지 건달 무리들이 전부 밖으로 나오더군요. 자세한 내용은 모르지만 아마도 원장님이 돈을 주기로 하신 모양이었습니다. 사실 원장님은 잘못한 게 없지만 어쨌든 환자가 죽었고, 환자의 남편이 합의를 요구하면서 행패를 부리니까 더 일이

시끄러워지기 전에 정리하려고 하신 거겠지요.

원장님이 저에게 시신을 ○아무개의 집까지 실어다주라고 하셨습니다. 그것이 원래 제가 병원에서 하는 일이니까 당연히 해야 했지만 유가족이라고 ○아무개가 같이 올라타는데 도저히 그 작자와 한 차를 타고 갈 자신이 없었습니다. 울화가 치밀어서 운전을 하다가 무슨 실수라도 저지를 것 같았습니다. 유가족의 탑승을 거부한다는 것이 말이 안 되는 일이었지만 저는 못 가겠다고 버텼습니다.

"이 작자가 타면 나는 안 갑니다."

운전을 할 사람이 저밖에 없었기 때문에 제가 안 간다고 하면 정말 아무도 못가는 것이었습니다. 그러자 ○아무개도 덩달아 화를 냈습니다.

"저런 미친놈을 봤나. 내가 상주인데 나를 안태우겠다고?"

분위기가 다시 험악해지자 옆에 있던 ○아무개 친구가 나서서 중재를 했습니다.

"저 놈 골통인 거 이 바닥에 모르는 사람 없다. 네가 참아라."

결국 ○아무개가 투덜대면서 내리고 대신 그 친구라는 놈이 올라탔습니다. 그제야 저는 운전대를 잡고 시동을 걸었습니다. 그렇게 ○아무개 집까지 시신을 운송했습니다.

급하게 상갓집이 차려지고 조문객들이 오기 시작하는데 건달들만 보였습니다. 저도 그 틈에서 조문을 했습니다. 상주는 보기도 싫었지만 그래도 원장님을 생각해서 나름 조의를 표하고 앉

앉더니 저에게 소주를 주더군요. 둘러보니 건달들은 전부 맥주를 마시고 있었습니다. 당시엔 맥주가 귀했습니다. 그걸 보니 또 배알이 뒤틀렸습니다.

"여기도 맥주 가져와!"

제가 큰 소리로 말하자 또 소란을 피울까봐 군말 않고 맥주를 가져다주었습니다. 저는 그 맥주를 다 마시고 있던 소주도 마셨습니다. 먹지도 못하는 술을 그렇게 마셨더니 많이 취했습니다. 그렇게 취한 상태로 새벽 4시쯤 상갓집을 나서 응급차를 몰고 병원으로 돌아왔습니다. 당시만 하더라도 음주운전이니 음주단속이니 이런 개념이 없던 때라 다리만 움직이면 겁도 없이 술을 먹고도 운전을 했습니다. 아무튼 술에 취해서 어찌 운전을 했는지도 모르게 왔습니다.

그런데 도착하고 보니 원장님이 무척 걱정스러운 얼굴로 서서 기다리고 계셨습니다. 새벽 5시쯤 되었을 텐데 그때까지 잠도 못 주무시고 계셨던 것입니다. 저는 원장님을 보고 나서 차고에 주차를 한 것까지는 기억이 나는데 그 다음부터 기억이 안 납니다. 하루 종일 힘들게 왔다 갔다 하고 얻어맞기도 한데다 취하기까지 한 상태에서 이제 할 일을 다 했다는 생각에 긴장이 풀려 그만 그 자리에서 쓰러진 것 같습니다. 그러다 얼마 후 정신을 차리고 일어나 원장님께 인사드리고 집에 가서 쉬다가 다음날 바로 출근을 해서 평소와 다름없이 병원 일을 했습니다.

어쨌든 저는 세상에 별로 무서운 것이 없습니다. 젊었을 때는 힘으로 싸워서 누구한테 져본 적이 없으니까 그런 것이라고 할 수 있지만, 나이가 든 지금도 권력 많은 사람이나 돈 많은 사람이나 전혀 무섭지가 않습니다. 그러나 사랑하고 아끼는 사람을 잃는 일은 너무나 무섭습니다. 세상에 유일한 희망이라고 여겼던 어머니가 돌아가셨을 때 느꼈던 그런 절망감을 다시는 느끼고 싶지 않았기 때문입니다. 그래서 저는 유독 사람들에 대한 애착이 강합니다.

사실 병원 일이 제 성격에 잘 맞지 않고 그래서 답답한 마음에 그만두고 싶을 때도 있었지만 그러지 못한 것은 온전히 원장님의 저에 대한 사랑 때문이었습니다. 어머니가 돌아가시고 난 후 제게 원장님은 부모님과 같은 존재였습니다. 아버지가 살아계실 때 큰집 머슴살이를 하면서 도망가고 싶었던 순간이 한두 번이 아니었지만 결국 어머니 때문에 그러지 못했던 것처럼 병원 일을 그만두고 싶어도 그러지 못했습니다.

그렇게 병원에서 20년 가까이 일했으니 꽤 오래 버틴 셈입니다. 한 마디로 성질 죽이고 산 것입니다. 만약 성질대로 살았으면 언제 어디서 건달들에게 두들겨 맞아 사지 중 어느 한 군데 못 쓰게 되었거나 제 명대로 못 살았을지도 모르겠습니다. 그런 의미에서 병원에서 일했던 시간들은 힘들었던 만큼 보람도 있었던 소중한 기억으로 제게 남아있습니다.

새로운 도전,
여행업을 시작하다

　　병원을 그만둔 것은 1980년대 초였습니다. 제가 그만두고 싶어서 그만둔 것이 아니라 원장님이 병원 문을 닫게 되셨기 때문입니다. 원장님은 예전부터 쉰 살이 되면 병원을 그만 두고 유람선으로 세계 여행을 하실 것이라고 입버릇처럼 말씀하시곤 했습니다. 그리고 쉰 살이 되던 해에 정말 계획을 실천에 옮기셨습니다. 인생을 계획한 대로 살기가 참 어려운 세상인데, 우리 원장님은 한 번 마음먹은 일은 그대로 관철하시는 분이었습니다. 항상 느껴온 것처럼 참 대단한 분이었습니다.

　　원장님이 병원 문을 닫기로 결정하신 후 그동안 집사의 역할을 해온 저는 병원 건물과 부지를 팔고 직원들의 퇴직금 정산 등의 행정적인 처리를 도맡아 했습니다. 원장님은 저에게도 퇴직금을 주겠다고 하셨습니다. 하지만 저는 받을 수 없었습니다. 다른 사람들은 더 못 받아서 안달인데, 저는 그동안 원장님에게 받은 은혜가 너무 커서 돈을 받을 수 없었습니다.

"원장님, 고맙지만 저 안 받을래요. 전 원장님 덕분에 딴 운전면허증 하나면 족합니다. 이걸로 뭐든 해서 벌어먹고 살 수 있으니까 돈은 필요 없어요."

"그래도 새로 일 시작할 때까지 식구들이랑 먹고 살 돈은 있어야지."

"당장은 괜찮아요. 나중에 제가 정 어려우면 쌀이나 팔아주세요."

제가 퇴직금을 거절한 것을 알고 병원 직원들이 왜 돈을 안 받았냐고 막 뭐라고 하더군요. 특히 병원에 함께 근무하면서 제가 믿고 있던 두 분 형님이 계셨는데, 그분들이 저 때문에 퇴직금을 더 못 받았다고 자꾸 싫은 소리를 하셨습니다. 저도 그 형님들께 섭섭하지 않은 건 아니었지만 그래도 말만 그렇게 할 때는 참았습니다. 그런데 다음날 보니까 한 분은 회계장부를 빌미로 500만 원을 더 달라고 하고, 또 다른 한 분은 X-레이 필름 사용 값으로 500만 원을 더 받아 갔다는 것입니다. 그 말을 들으니까 속이 뒤집어지더군요. 성질 같아서는 형님이고 뭐고 당장 들이박고 싶은 심정이었지만 원장님을 생각해서 한 번 더 참았습니다.

그런데 며칠 후 원장님 땅에 주차장을 만드는 문제로 제가 한창 바쁘게 움직이고 있는데 그 형님 중 한 사람이 절 찾아와서는 한다는 소리가 가관이었습니다. 저에게 원장님 자가용 차량을 넘겨주지 말고 가지고 있으라는 겁니다. 퇴직금 대신 그거라도 챙기라고 인심이라도 쓰듯이 얘기하는데 제가 정말 기가 막혀 말이 안 나왔습니다. 형님이고 뭐고 이젠 정말 사람같이도 안보였습니다. 도대체 나를 뭐로 보고 저런 말을 하나, 정말 어이가 없었고, 원장님과의 의리를 생각하면 피가 거꾸로 솟는 것 같았습니다. 그 순간 제가 해까닥 돌아가지고 정말 저 인간을 죽여야겠다는 생각이 들었습니다.

"원장님, 내가 진짜로 저 인간 죽여 버리고 감방 갈라니까 말리지 마세요. 그동안 저를 사람답게 살게 하시려고 그렇게 잘해주셨는데, 제가 이거밖에 안 되어서 죄송합니다. 용서하세요."

원장님께 그리 말씀드리니 펄쩍 뛰시면서 화를 내셨습니다. 하지만 저는 그때 아무런 소리도 안 들렸습니다.

그 길로 뛰쳐나와 그 형님을 불러내서 좋은 데 가서 백숙에 술이나 한 잔 하자고 꼬여서 12인승 봉고차 조수석에 태웠습니다. 그리고 가다가 적당한 장소에서 차를 들이박을 생각이었습니다. 잘못하면 저도 다칠 수 있지만 그런 것까지 계산할 정신이 아니었습니다. 너 죽고 나 죽자 하는 심정으로 차를 몰았습니다. 어디로 가면 좋을까 생각하다가 전군간도로로 방향을 잡았습니다. 거기에 가면 아름드리 벚꽃 나무가 많은데, 그중 하나에 차를 충돌시키기로 마음을 먹은 것입니다.

그렇게 거사를 치르기 위해 이동하는 차 안에는 알 수 없는 긴장감이 흘렀습니다. 좋은 데 가자고 해놓고 제가 결연한 표정으로 아무 말도 안하고 운전만 하고 있으니까 그 형님도 뭔가 낌새가 이상하다고 눈치를 챈 것 같았습니다. 그래도 마지막으로 할 말은 해야겠다는 생각에 제가 먼저 입을 열었습니다.

"형님이 어떻게 원장님에게 그럴 수 있습니까? 내가 행여 원장님 차를 먹으려고 해도 그러면 안 된다고 뭐라고 해줘야 할 형님이 먼저 원장님을 배신을 하라고 하는 게 말이 됩니까? 형님 그렇게 안 봤는데 정말 실망입니다."

제 목소리에서 결기가 느껴졌는지 그 형님이 갑자기 제 손을 덥석 잡더니 떨리는 목소리 말하더군요.

"이봐, 웅두. 자네 말이 다 맞아. 내가 원장님께 그러면 안 되지. 잘못했네. 그만 화 풀게."

제가 무서워서 그런 말을 했는지 모르겠지만 그래도 그렇게 얘기하니까 제 맘이 좀 누그러졌습니다. 저도 성깔은 있어도 그렇게 막돼먹은 인간은 아니라서 형님의 사과를 받으니 마음이 약해졌습니다. 그래서 험한 생각도 접어버렸습니다.

"형님 마음이 그렇다면…… 알겠습니다. 백숙이나 먹으러 갑시다."

그리고 내친 김에 전주까지 차를 몰아 고덕산장에서 백숙 한 마리 먹고 아무 일 없이 집으로 돌아왔습니다.

저는 남이 뭐라고 하든 상관없었습니다. 지금도 그렇지만 저는 항상 제 소신껏 살아왔습니다. 그리고 무엇보다 중요한 저의 삶의 모토는 의리입니다. 저는 저의 어머니에 대한 사랑도 일종의 의리라고 생각합니다. 그런 맥락에서 원장님과의 의리 역시 제 목숨처럼 소중히 지켜야 할 것이었습니다.

병원 일을 한창 하고 있을 때도 저는 정해진 월급 이외에 어떤 금전적 혜택도 더 받지 않았습니다. 원장님은 저에게 하나라도 더 해주고 싶어 안달하셨지만 저는 매번 거절했습니다. 원장님의 인감도장까지 가지고서 집사 역할을 하는 제가 뭔가 자꾸 더 챙겨 받으면 혹시 뒤로 딴 짓하는 것처럼 보일까봐 싫었습니다. 괜한 오해를 사고 싶지 않았습니다. 무엇보다 원장님의 그 고마운 마음을 물질적인 것으로 대체하고 싶지 않았습니다.

한번은 원장님이 작은 집 하나를 사셨습니다. 그리고는 저한테 식구들과 같이 그 집에 들어가 살라고 하시는 겁니다. 마침 저희 식구들은 새로 집을 구해야 할 상황이었습니다. 하지만 저는 원장님이 사신 그 집에 들어갈 수 없었습니다. 당시에는 운전을 하다 인명사고라도 나면 합의고 뭐고 없이 대부분 바로 형무소로 갔습니다. 만약 그런 일이 생기면 병원에서는 당장 응급차를 몰 사람이 없으니까 새 운전수를 구해야 할 것이고, 그렇게 되면 새 운전수에게 그 집을 내어주어야 할지도 모릅니다. 그런 상황에서 우리 식구들이 그 집에 들어가 살고 있으면 나가라는 소리도 못하고 원장님 입장만 곤란해질 것이 뻔했습니다. 저는 그런 상황까지도 다 고려해서 거절을 했습니다. 원장님은 아직 일어나지도 않은 일 가지고 걱정을 사서 한다고 나무라셨지만, 저는 만에 하나라도 원장님이 곤란해지시거나 피해를 보시는 일은 조금의 여지도 남기고 싶지 않았던 것입니다. 결국 저는 제 형편대로 작고 낡은 사글세방을 구해서 식구들과 들어가 살았습니다. 워낙 허름한 집이라 비가 오면 천장에서 물이 주룩주룩 샜지만 마음만은 편했습니다. 그런 저를 사람들은 영악하지 못하다고 흉볼지 모르지만 저는 그렇게 사는 게 좋았습니다.

원장님은 병원 문을 닫은 후 세계여행을 하는 유람선의 선의(船醫)로 지원을 하셨습니다. 장기간 여행을 하는 유람선에는 승선객들의 건강을 위해 의사가 의무적으로 함께 탑승하게 되어 있었습니다. 원장님은 유람선으로 전 세계를 여행하는 데 비용이 많이 드니까 일도 하면서 여행을 하시려고 계획하셨던 것입니다. 그런데 지원 경력사항에는 문제가 없었으나 그만 나이제한에 걸리고 마셨습니다. 선의로 일하려면 좀 더 젊었을 때 지원을 했어야 했던 모양입니다. 그런 변수를 미처 생각하지 못하셨던 것입니다. 원장님은 좀 더 일찍 병원 문을 닫았어야 하는데 너무 꾸물거렸다고 속상해하셨습니다.

계획에 차질이 생기자 원장님은 의정부 쪽에 있는 모 병원에서 2년 정도 월급쟁이 의사를 하셨습니다. 그러다 다시 익산의 나환자촌으로 내려와 사모님과 같이 새로 병원을 개업하셨습니다. 두 분은 더 이상 돈에는 욕심이 없다고 하셨습니다. 자제분들도 자신들 앞가림은 할 나이가 되었으니 이제 봉사하는 삶을 사시겠다고 했습니다. 그리고 지금까지도 소외되고 돈 없는 나환자들을 주로 진료하고 계십니다. 그런 원장님과 사모님을 보면서 저 역시 나중에 아이들이 다 크면 봉사하는 삶을 살리라 다짐하곤 했습니다. 원장님과 사모님이 나환자들을 대상으로 하신 활동에 대해서는 뒷부분에서 좀 더 자세히 이야기하도록 하겠습니다.

아무튼 제가 다니던 삼산의원이 문을 닫는 바람에 저는 새로운 직업을 찾아야만 했습니다. 저는 원장님이 병원 문을 닫기 전부터 이미 계획을 알고 있었기 때문에 나름 대비를 한다고 개인택시 한 대를 샀습니다. 할 줄 아는 것이 운전밖에 없으니 택시라도 몰면 되겠다고 쉽게 생각한 것이지요. 그런데 그건 착각이었습니다. 택시가 아무나 하는 것이 아니더군요. 당시에 개인택시를 하려면 1천만 원 정도가 필요했습니다. 지금 돈으로도 1천만 원이면 큰돈인데 당시 돈으로 1천만 원이면 정말 큰돈이었습니다. 당장 그런 거금이 저한테 있을 리 만무했습니다. 할 수 없이 여기저기서 빌린 돈으로 겨우 시작했는데, 결국 2년 만에 그만두고 말았습니다.

택시를 그만둔 첫 번째 이유는 벌이가 신통치 않았기 때문이지만, 제 성격과 잘 맞지 않았던 이유도 컸습니다. 활동적인 것을 좋아하는 사람인데 하루 종일 좁은 택시 안에 앉아 있으려니 힘들었습니다. 또 그새 술이 좀 늘어 어쩌다 술이라도 한 잔 하면 운전을 못하니까 답답하기도 했습니다. 게다가 익산이 워낙 좁은 동네이다 보니 아는 사람을 태우면 돈을 받기도 곤란한 경우가 종종 있었습니다.

택시를 하면서 별별 이상한 사람을 다 만나봤지만 지금 생각해도 아찔하고 위험했던 순간도 있었습니다. 한번은 어떤 잘 생긴 청년이 제 택시에 타더니 전주로 가자고 했습니다. 시외 장거리 손님은 언제든 환영이었습니다. 저는 기꺼이 손님을 태우고 전주까지 갔습니다. 그런데 전주에 도착했는데도 내릴 생각을 하지 않고 여기저기 돌게 하더니 다시 전주역으로 가자는 것입니다. 저는 뭔가 낌새가 이상하다 싶었습니다. 벌써 한나절이나 택시를 타고 내릴 생각을 안 하는 게 아무래도 수상해서 전주역에 도착하자마자 역전 파출소로 가서 신고를 했습니다. 그 사이에 그놈은 도망을 가버렸습니다. 결국 택시비도 못 받고 그날 하루를 허탕치고 말았습니다.

일진이 안 좋은 날인가보다 체념하고 빈 택시로 집으로 돌아왔습니다. 그리고 집에 와서 차를 청소를 하는데, 그놈이 앉았던 뒷자리에 시퍼런 칼 한 자루가 떨어져 있었습니다. 아마도 강도질을 하려고 제 택시를 탄 모양입니다. 기회를 봐서 칼로 위협을 하고 돈을 뺏어가려고 했는데 제가 파출소로 가니까 당황해서 칼까지 흘리고 도망을 간 것입니다. 순간 등골이 오싹해졌습니다. 만약 제가 일찍 눈치를 못 챘으면 전주 시내 한복판에서 백주에 강도를 당할 뻔한 것입니다.

'이 짓도 오래하진 못하겠군.'

그때 그런 생각을 했던 것 같습니다. 할 줄 아는 게 운전밖에 없었지만 좀 더 안정적이고 제 성격에도 맞는 다른 직업을 찾아야겠다고 말입니다. 그러던 중 우연히 동네 후배와 술자리를 가졌는데, 그 후배가 "형님, 여행사 하면 돈 많이 벌어요" 그러는 것입니다.

"여행사? 그거 아무나 할 수 있는 거야?"

제가 관심을 보이자 후배는 서류만 제출하면 여행사를 쉽게 인수할 수 있다고 했습니다.

"여행사라……."

저에게는 낯선 업종이었지만 어쩐지 해보고 싶은 마음이 들었습니다. 후배를 통해 알아보니 택시를 팔면 그 돈으로 작은 여행사 하나를 인수할 수 있다고 했습니다. 저는 미련 없이 택시를 팔아치웠습니다. 그리고 그 돈으로 여행사를 차렸습니다. 그런데 막상 인수하고 보니 실적이 하나도 없고 한마디로 망한 여행사였습니다. 하긴 그러니까 싼 값에 나왔던 것이겠지요. 그래도 너무 아무것도 없으니까 이름만 인수지 처음부터 전부 새로 시작해야 했습니다. 주변에서는 저보고 후배한테 사기를 당한 것이라고 했습니다. 그런 말을 들으니까 자존심도 상하고 오기도 생겼습니다.

'사기라고? 그래, 좋다. 사기면 어떠냐. 내가 처음부터 차근차근 다시 시작해서 제대로 된 여행사를 만들면 될 것이 아니냐.'

믿고 있던 놈에게 당하고 나니 그놈 보란 듯이 성공하고 싶었습니다. 우선 예전 삼산의원이 있던 건물 옆 차고지에 작은 사무실을 만들었습니다. 지난 세월 응급차를 운전하면서 뻔질나게 드나들었던 익숙한 공간에서 저의 새로운 사업을 시작한 것입니다.

초라한 시작이었습니다. 창고나 다름 없는 좁고 허름한 곳에 책상 한 개, 전화기 한 대 놓고 직원도 없이 저 혼자 영업을 했습니다.

초창기의 어려움은 이루 말로 다 하지 못할 정도입니다. 그래도 이를 악물고 버텨서 지금 사무실로 확장해 옮겨올 때까지 그 자리에서 20년 넘게 망하지 않고 여행사를 운영했습니다. 그때 그 사무실은 현재 신일주차장의 사무실로 사용되고 있는데, 지금 여행사 사무실과 가까운 거리라서 오며 가며 가끔 한 번씩 들르곤 합니다. 비록 형편없이 초라한 곳이지만 저에게는 가족들을 책임지며 열심히 일을 하던 소중한 추억이 있는 장소입니다.

(유)신일고속관광여행사. 지금은 관광버스 18대를 보유한 전북에서 제일 오래된 대형 여행사로 성장했지만, 처음엔 제대로 된 관광버스 한 대 없이 시작했습니다. 관광영업용 차량을 구비할 여건이 되질 않아서 자가용 봉고차나 25인승 소형버스로 불법 영업을 했습니다. 당장 먹고 살아야 하니까 이것저것 따질 겨를이 없었습니다. 경험도 없이 손님을 모으려니 그것도 힘들었습니다. 운전기사가 따로 있었지만 정식으로 고용된 직원이 아니다보니까 툭하면 스케줄을 펑크 내기 일쑤였습니다. 그러면 제가 직접 운전을 해 손님들을 모시고 돌아다니기도 했습니다.

한번은 운전기사가 나오질 않아서 제가 불법 자가용 소형버스에 손님들을 태우고 이동을 하는데, 버스가 어찌나 낡았는지 중간 통로의 나사 하나가 빠져 작은 구멍이 생겼습니다. 저는 그것도 모르고 비포장 흙길을 신나게 달렸습니다. 그 바람에 그 구멍으로 흙먼지가 들어와서 버스에 타고 있는 손님들이 그 먼지를 온통 다 뒤집어쓰셨습니다. 모처럼 관광이라고 예쁘게 차려입고 나선 기분을 망쳤을 손님들을 생각하니 너무 죄송했습니다. 그래서 그분들을 모시고 대중목욕탕에 가서 씻으시라고 목욕비를 대드렸습니다. 예정에 없던 프로그램 하나가 추가된 셈이었습니다. 다행히 손님들은 관광도 하고 다 같이 목욕도 하고 재미도 있었다면서 특별한 경험으로 여겨주셨습니다.

이런 우여곡절을 겪으면서 점점 단골손님이 늘어나게 되었고, 나중엔 정식으로 영업용 관광버스도 구입해서 정당하게 영업을 하기 시작했습니다. 그렇게 시간이 흐를수록 사업이 점점 안정세에 접어들어 지금에 이르게 되었습니다.

지금 생각하면 저에게 사기를 쳤던 후배가 참 고맙습니다. 어쨌든 그 후배 덕분에 여행업에 발을 들이게 되었으니 말입니다. 당시엔 아는 사람한테 당한 것이 몹시 기분 나빴지만 그것이 오히려 전화위복이 되었습니다. 만약 제가 여행업을 시작하지 않고 계속 택시 영업을 했으면 아이들 세 명을 다 대학에 보내고 공부시키지 못했을지도 모릅니다.

정말 아무 생각 없이 지금껏 앞만 보고 달려왔습니다. 사람들은 그런 저보고 자수성가한 사업가라고 추켜세우지만 제가 무슨 능력이 있어서 그렇게 된 것이 아닙니다. 모두 돌아가신 어머니 덕분입니다. 하늘에 계신 어머니가 저를 매순간 보호하고 도와주셨습니다. 눈에 보이는 증거는 없지만 저는 그렇게 믿고 있습니다. 제 능력만으로는 절대 할 수 없었던 일들이 항상 저와 함께했습니다. 어머니께 그저 감사할 따름입니다.

어머니의 힘으로 위기를 넘긴 기적의 순간들

세상을 살다보면 정말 말로는 설명할 수 없는 순간들이 있습니다. 상식적으로 일어날 수 있는 일이라고 생각하기 힘든 기이한 일, 혹은 신(神)적인 존재에 의해서 일어난다고 믿어지는 기이한 일을 우리는 흔히 '기적'이라고 말합니다. 그런 기적의 순간을 여러분은 경험해보셨습니까? 저는 살면서 매 순간 기적을 경험하고 살았습니다. 그것은 바로 우리 어머니의 존재였습니다.

어머니는 쌀 한 말을 주고 어린 저의 생명을 거두셨고, 피 한 방울 섞이지 않은 저를 위해 창피함을 무릅쓰고 동네에서 젖동냥을 하셨습니다. 힘겹게 셋째 부인으로 살면서 갖은 구박과 고통 속에서도 저를 온전한 한 인간으로 키워내기 위해 그 작은 몸을 종종거리며 하루 종일 육체적 노동 속에 사셨습니다. 세상에 대한 불만으로 가득 차 동네 친구들과 주먹싸움을 일삼던 철없던 저를 천사와 같은 미소로 안아주시며 엇나가지 않게 훈육하셨습니다. 추운 겨울밤이면 따스한 체온을 나누어주시고, 당신의 밥을 제 그릇에 덜어주시며 배고픔을 기꺼이 감수하셨습니다. 어머니라는 기적을 저는 그렇게 넘치게 누렸습니다.

어머니가 돌아가신 후에도 기적은 끝나지 않았습니다. 어머니는 보이지 않는 힘으로 저를 위험으로부터 구하시고, 살아갈 방편을 마련해주셨으며, 저의 가족을 지켜주셨습니다. 어머니는 하늘나라로 가서 정말 천사라도 되신 걸까요? 그것이 아니라면 대체 어떤 작용으로 그와 같은 기적을 행하시는지 저는 설명할 길이 없습니다. 그저 제가 겪고 느낀 바를 이야기할 뿐입니다.

제가 처음으로 돌아가신 어머니의 보호를 받고 있다고 느낀 것은 전자제품 판매점에서 수금사원으로 일할 때였습니다. 하루는 아는 선배의 아버지가 돌아가셔서 퇴근 후에 자전거를 타고 조문을 갔습니다. 그 집에 가려면 길을 한참 돌아가야 했는데, 철길을 따라가다가 강 사이의 철교를 건너 가로질러 가면 좀 더 빨리 갈 수 있었습니다. 그날따라 뭐가 그리 급했는지 저는 지름길을 선택했습니다.

철교 앞에 이르러 저는 타고 있던 자전거에서 내렸습니다. 철길로 지나려 하니 건널목을 지키던 철도원이 여기는 위험하다고 저를 막아섰습니다. 저는 우리 논이 저기에 있어서 지나가야 한다고 하고서는 그의 제지를 뿌리쳤습니다. 저는 철교만 건너면 바로 선배네 집인데 먼 길을 돌아가기가 귀찮았습니다. 그래서 막아 서는 철도 직원을 밀쳐내고는 막무가내로 철교를 건너기 시작했 습니다. 지금 생각하면 참 무모한 짓이었지요. 철교를 중간쯤 건 넜을 때 어디서 사람들이 웅성거리는 소리가 들렸습니다. 소리가 나는 쪽을 보니 저 아래 논에서 피를 뽑고 있던 사람들이 저를 향해 손을 막 흔들면서 뭐라고 하는 것입니다.

"뭐라고 하는 거야? 하나도 못 알아듣겠네."

그리고는 저는 고개를 들어 앞을 봤습니다. 그랬더니 세상에! 기차가 바로 코앞까지 다가와 있는 것이 아니겠습니까? 참으로 이상한 일이었습니다. 기차가 이렇게 가까이 다가올 때까지 저는 왜 눈치를 채지 못한 것일까요. 모퉁이에서 돌아오느라 시야가 가려졌더라도 분명 기차 소리는 들렸을 텐데 그 소리가 저에게 는 들리지 않았습니다. 그러고 보니 저 아래에서 저를 향해 손짓 을 하던 사람들은 기차가 오니 어서 피하라고 소리를 지르고 있 었던 것입니다. 저는 순간적으로 자전거를 옆에 낀 채로 철교 밖 으로 몸을 날렸습니다. 거의 무의식적인 행동이었습니다. 처음엔 어떻게든 난간에 매달려 보려고 했습니다. 그러나 금방 팔에서 힘 이 빠져 10미터 높이는 족히 넘을 철교 아래로 추락하고 말았습 니다.

철교 아래엔 꽤 깊은 강물이 흐리고 있었습니다. 만약 강물에 빠졌다면 그대로 익사를 했을지도 모르겠습니다. 그런데 다행히 저는 강물과 뭍 사이 풀숲에 떨어졌습니다. 그리고 그제야 요란

한 경적을 울리며 철교 위를 지나가는 기차소리가 선명하게 들렸습니다. 그때 논에서 일을 하다가 모든 상황을 지켜본 사람들이 제가 있는 쪽으로 달려오는 것이 보였습니다.

"이봐요. 괜찮아요?"

사람들이 저의 상태를 살피며 물었습니다. 자전거는 낙하의 충격으로 망가졌는데 저는 신기하게도 다친 곳이 하나도 없었습니다.

"아이고, 다행이네. 큰일 날 뻔했소. 여기가 원래 사고가 많이 나는 곳이에요. 빨리 가로 질러 가려고 철교를 건너다가 기차에 치거나 아래로 떨어져 죽는 사람이 1년에 한두 명은 꼭 나온다오. 댁은 운이 좋았소."

그 말을 들으니 제가 죽을 뻔했었다는 사실이 실감이 났습니다. 아무튼 용케 목숨을 구하고 조문을 마치고 돌아가는 길, 철교 근처에 다다르자 마침 또 기차가 지나가고 있었습니다. 순간 오싹한 기분이 들었습니다. 그러고서 집에 들어왔는데, 난데없이 기차소리가 환청처럼 막 들리는 것입니다. 아무래도 제가 귀신에 홀렸었던 모양입니다. 그러지 않고서야 철교 위에서 기차소리를 듣지 못한 것이 스스로도 납득이 되지 않았습니다.

평소에 잘 놀라지 않는 성격인데, 그렇게 죽을 뻔한 적이 처음이라 무척 놀랐습니다. 그때까지 살아오면서 한 번도 무섭다고 느낀 적이 없었는데 그날 혼자 깨어 집에 앉아있는 그 시간이 너무나 무섭게 느껴졌습니다. 세상모르고 자고 있는 집사람과 첫째 아들 성민이를 쳐다보니까 갑자기 눈물이 막 났습니다. 제가 마지막에 정신을 못 차리고 기차에 치었거나 강물로 떨어져 죽었다면 남은 식구들은 나 없이 어떻게 살아갈까 생각하니 소름이 돋았습니다. 그 순간, 어머니 생각이 났습니다. 그리고 깨달았지요. 어머니가 살려주신 거구나. 그 자리에서 죽을 운명이었는데 어머니가 정신 차리게 도와주신 거구나 싶었습니다.

그 이후로 저는 죽을 고비를 서너 번 더 넘겼습니다. 그런데 그때마다 어김없이 어머니가 보살펴 주시는 느낌을 받았습니다. 특히 여행업을 시작하면서 관광버스를 운행하다 보니 크고 작은 교통사고의 위험이 항상 도사리고 있었습니다. 아무리 조심한다고 해도 때론 피할 수 없는 사고도 있는 법입니다. 그래서 사실 하루하루가 살얼음판 같을 때가 많았습니다.

한번은 익산에서 25인승 버스에 관광 가는 사람들을 가득 싣고 여름 휴가철 물놀이 장소로 유명한 전북 진안의 운일암·반일암으로 가는데, 그만 차 사고가 나고 말았습니다. 버스가 한 3미터 정도 미끄러지다가 도로 옆에 거꾸로 처박혔습니다. 굉장히 큰 사고였습니다. 그럼에도 불구하고 2~3명 정도만 가벼운 경상을 입고 나머지는 다 무사했습니다.

요즘은 관광버스에서도 전부 안전벨트를 매지만 당시엔 그런 문화가 없어서 그런 전복사고가 나면 많은 사람들이 큰 부상을 당하거나 심하면 죽을 수도 있었습니다. 그런데 차가 몇 바퀴를 굴러 계곡에 떨어졌는데도 인명피해가 거의 없었던 것은 정말 기적에 가까운 일이었습니다. 관광객들도 천만다행이라며, 하늘이 도왔다고 저마다 한 마디씩 했습니다. 그 순간 저는 어머니가 떠올랐습니다.

'어메, 이메가 이번에도 날 지켜준 거지?'

그렇게 생각하고 나니까 마음이 그렇게 푸근할 수가 없었습니다.

또 한 번은 승용차를 타고 개인적인 볼 일이 있어 부안의 변산을 다녀오는 길에 반대편 가로수를 들이받았습니다. 원래는 그러면 안 되는데 사업차 어쩔 수 없이 술 한 잔을 걸친 상태였습니다. 그런데 차는 폐차를 할 정도로 크게 부셔졌는데 저는 다친 곳이 없었습니다. 이런 것이 기적이 아니라면 무엇이 기적이란 말입니까? 다른 사람들도 저에게 말하곤 합니다. 김 사장에게는 수호신이 있는 것이 분명하다고. 어떻게 한두 번도 아니고 매번 큰 사고가 나도 멀쩡할 수가 있냐고 말입니다. 그러면 저는 자신 있게 말하곤 합니다. 이게 다 하늘에 계신 우리 어머니가 저를 보살펴주기 때문이라고 말입니다. 그러면 사람들은 그 말을 믿는지 안 믿는지 어쨌든 고개를 끄덕입니다. 그러면 저는 이렇게 말하곤 하지요.

"부모님한테 효도하세요. 효도하면 그 복이 결국 다 자신에게 돌아옵니다."

그럴 때보면 저는 꼭 무슨 전도사 같습니다. 종교를 전도하는 게 하니라 효도를 전도하는 '효도전도사'입니다. 제가 효자라서 효도전도사가 된 것이 아니라 효도를 못했기 때문에 후회가 되어서 효도전도사가 된 것입니다. 세상에 더 많은 기적이 일어났으면 하는 바람으로 저는 오늘도 열심히 "효도하시라"고 말하고 다닙니다.

이런 기적이 저에게만 일어나는 것은 아니었습니다. 우리 첫째 아들 녀석도 술을 좋아해서 술 먹고 운전을 하다가 큰 사고가 난 적이 있었습니다. 차는 폐차시켜야 할 정도로 망가졌는데 녀석은 멀쩡하게 집에 들어와서는 취한 채로 잠을 자고 있는 것입니다. 기가 막혀서 아무 말도 안 나오더군요.

다음날 아침 일어난 녀석을 나무라면서 어디 아픈 데는 없냐고 했더니 괜찮다고 했습니다. 그래도 겉으로는 멀쩡해도 혹시 어디 이상이 있을 수도 있으니 정밀검사를 받아보자며 아들을 데리고 사무실 옆에 있는 병원에 갔습니다. 그런데 정말 아무 곳도 이상이 없다는 것입니다. 다 거짓말 같았습니다. 집사람은 아비나 아들이나 똑같다고 나무랐습니다. 저는 괜히 쑥스러워서 아들 녀석만 더 타박했습니다. 그러면서 속으로 생각했습니다.

'어메, 고마워. 우리 아들 지켜줘서. 앞으로도 어메가 잘 지켜줘. 그래도 조심할게. 어메 걱정하지 않도록.'

요즘은 저나 아들이나 음주운전, 졸음운전 하지 않도록 매우 조심하고 있습니다. 그리고 어쩌다 운전 중에 과속이라도 하게 되면 속으로 '울 어메 걱정하시겠네' 하면서 속도를 줄입니다. 어머니가 지켜준다고 그것만 믿고 스스로를 지키지 않으면 안 되니까 말입니다.

돌이켜보면 사건사고가 참 많았던 인생이었습니다. 결코 순탄하지 않았지요. 다른 사람 같았으면 진작 죽었을지도 모릅니다. 하지만 지금까지 크게 다친 적 없이 살아있는 것을 보면 어머니의 힘이 정말 대단한 것 같습니다.

어머니의 묘소

저는 틈만 나면 어머니 묘소에 가곤 합니다. 평일 낮에는 일을 해야 하니까 잘 가지 못하고, 대부분 일이 끝난 저녁 시간에 갑니다. 우리 여행업이라는 것이 오지도 않는 손님을 기다리는 것이 일이라서 낮에는 꼼짝 못하고 항상 대기를 해야 합니다. 대신 저녁 시간은 비교적 자유롭기 때문에 일이 많거나 출장을 가는 것처럼 특별한 일이 없는 한 거의 매일 묘소를 찾습니다.

밤에 술 한 잔 생각이 날 때 술 한 병 사가지고 어머니 묘소에 가서 이런저런 사는 얘기를 하다가 오기도 합니다. 그럴 땐 정말 어머니와 마주 앉아 대작하면서 두런두런 이야기를 나누는 기분입니다. 한번은 제가 저녁마다 어디를 가니까 어떤 분이 "매일 어디 좋은 데 가시냐?"고 묻더군요. 그래서 저는 "네, 좋은 데 갑니다" 하고 빙그레 웃었습니다. 세상에서 우리 어머니 계신 곳보다 좋은 곳이 또 어디 있겠습니까.

현재 어머니 묘소는 전북 익산시 팔봉동에 위치한 공원묘지에 있습니다. 우리 사무실에서 차로 10~15분 정도 되는 거리입니다. 이곳으로 어머니를 이장(移葬)한지 20년 정도 되는 것 같고, 그전에 처음 묘소가 있던 곳에서 아버지의 묘소 옆으로 한 번 이장한 적이 있었습니다.

원래 어머니의 묘소는 고향의 논밭 끝자락에 번듯한 비석 하나 없이 초라하게 자리하고 있었습니다. 그런데 어느 겨울 밤, 어머니 산소를 찾아가 앉아있는데 근처 덤불 속에서 뭔가 부스럭 거리는 소리가 나더니 꿩 한 마리가 후다닥 날아가는 것이었습니다. 어쩐지 그 꿩이 우리 어머니인 것만 같았습니다.

'어메가 여기를 떠나려고 하나보다.'

문득 그런 생각이 들었습니다.

'어메, 걱정 마소. 내가 좋은 자리로 옮겨줄게.'

저는 집으로 돌아오면서 곰곰이 생각했습니다. 기왕 옮기는 거 외롭지 않게 아버지 묘소 옆으로 옮겨야겠다고 말입니다.

날이 풀리고 언 땅이 녹기 시작할 즈음, 혼자 어머니 묘소에 가서 이장 준비를 했습니다. 이장 준비라고 해봤자 땅을 파서 관 속에 든 유골을 꺼내는 게 다였습니다. 혼자서 하긴 벅찬 일이었지만 동네 사람들이 제사도 없이 이장하는 게 아니라면서 부정 탄다고 손을 거들지 않았습니다. 하는 수 없이 저 혼자 일을 진행했습니다. 준비한 제사 음식도 없고, 그저 어머니 생전에 즐겨 태우시던 담배 한 대 불 붙여 올리면서 절을 했습니다. 그리고 속으로 '어메, 내가 어메 집 옮겨줄게' 그렇게만 말했습니다. 격식을 차리지 않아도 우리 어머니는 제 마음을 충분히 알아주실 거라 믿었습니다.

혼자 땅을 파기 시작한지 몇 시간 째, 당시 제가 허리가 많이 아플 때여서 몇 삽 뜨고 쉬고, 몇 삽 뜨고 쉬기를 반복하다보니 시간이 오래 걸렸습니다. 그렇게 한참을 하고 있자니 동네 어른들께서 보기에 안됐는지 와서 도와주셨습니다.

"이 사람, 그렇게 해서 어느 세월에 다 파려고."

"고맙습니다."

꾸벅 인사를 하고 동네 사람들의 도움으로 묘를 다 팠습니다. 그런데 땅 속에 묻혀있던 관의 뚜껑을 열어보니 관에 물이 넘실넘실했습니다. 밭이 있던 자리라 그런지 물이 흘러들어가서 빠지지 않고 고여 있었던 것입니다. 이래서 어머니가 이 자리를 떠나고 싶다는 신호를 제게 보내셨던 모양입니다. 살은 다 썩어 없어지고 유골만 물에 불어 스펀지처럼 물렁물렁해진 상태였습니다. 자세히 보니 허리뼈 부분은 다 녹아 없어졌더군요. 제 허리가 아팠던 것도 다 그 때문인가 싶었습니다.

옆에 서 있던 이정교란 친구에게 물을 퍼야 하니 바가지 좀 가져다달라고 부탁을 했습니다. 그랬더니 시골에서 집집마다 굴러다니던 변소용 바가지를 가져다주었습니다. 아무리 시체 썩은 물이라도 오줌이나 똥을 푸던 것으로 차마 어머니 유골을 수습할 수는 없었습니다. 그래서 제가 그랬습니다.

"내가 나중에 하나 사줄 테니까 이런 똥바가지 말고 깨끗한 물바가지 갖다 줘라. 부탁한다."

그랬더니 그제야 친구가 집에서 물바가지를 가져다주더군요. 그걸로 고인 물을 다 퍼내고 유골을 수습했습니다. 그리고 창호지를 사다가 유골을 부위별로 하나하나 따로 싸서 표시를 해두고 지게에 실어 날랐습니다. 지관도 없고, 이장하는 방법도 제대로 몰랐습니다. 그래도 제 나름대로는 정성을 다했습니다. 친구가 허리가 아픈 저를 대신해 지게를 져주겠다고 했지만 사양했습니다. 아무리 허리가 아파도 어머니를 친구 등에 업히게 하고 싶진 않았습니다.

그렇게 지게를 지고 아버지 묘소로 갔습니다. 아버지 묘소 역시 선산도 아닌 산 중턱에 위치한 작은 묘소였지만 그 옆에 누워 보니 볕도 잘 들고 좋았습니다. 대충 크기를 가늠하고 나서 어머니 유골 묻을 땅을 파기 시작했습니다. 그러다 잠시 쉬면서 도와주신 동네 분들에게 막걸리를 대접하고 있었습니다. 그런데 그때 어디선가 도포를 위아래로 입은 도인 같은 사람이 지나가다가 우리 모습을 보고는 다가왔습니다.

"여기 상주가 누구요?"

"전데요. 무슨 일로 찾으십니까?"

"여기는 묘를 쓸 자리가 아닙니다. 행여 여기에 묘를 쓰면 큰 일이 날 테니 당장 그만두시오."

그 말을 들은 저는 기분이 상했습니다. 지금 같았으면 그런 소리 하나도 허투루 듣지는 않았을 텐데 그 당시에는 아버지 옆에 어머니를 모시고 싶은 마음이 간절해서 다른 말을 듣고 싶지 않았습니다.

"맥없는 소리 하지 말고 막걸리나 한 잔 자시고 가세요."

저는 노인에게 불퉁거리며 가시라고 했습니다. 그러자 노인은 헛기침을 하면서 홀연히 가던 길을 갔습니다. 그 후로 가끔 그때 그 노인이 한 말이 생각나기는 했지만 다행히 지금까지 별 탈 없이 잘 살고 있습니다.

어쨌든 그날 그렇게 그 자리에 묘를 쓰고 집으로 돌아오는데, 그렇게 마음이 편하고 좋을 수가 없었습니다. 이제야 비로소 어머니와 아버지가 두 분이서만 오붓하게 같이 있을 수 있게 되었다고 생각하니까 감개무량했습니다. 당시엔 첫째 큰어머니와 둘째 큰어머니 모두 살아계셨기 때문에 두 분이 돌아가시기 전까지 아버지는 온전히 어머니 차지가 되는 것이라고 생각했습니다. 셋째 부인으로 살면서 눈치를 보느라 이승에서는 아버지 사랑을 맘껏 누리지 못했지만 저승에서라도 그 한을 푸셨으면 좋겠다고 생각했습니다. 그렇게 아버지 묘 옆에 어매를 나란히 모시니 제 마음이 뿌듯하고 이제야 할 일을 한 것 같은 기분이 들었습니다.

그러다 몇 년 후 첫째 큰어머니가 돌아가셨을 때 큰어머니를 익산 공원묘지에 모시면서 어머니와 아버지 묘도 이곳으로 이장을 해온 것입니다. 그때 어머니와 아버지를 합장해서 한 묘에 모시고 큰어머니는 그 옆에 따로 모셨습니다. 큰어머니한테는 항상 죄송한 마음입니다. 큰어머니가 본부인이고 우리 어머니가 셋째 부인인데 따로 모셨으니 말입니다. 만약 큰어머니에게 자녀가 있었으면 제가 그렇게 하지는 못했겠지요. 그래도 제가 마지막 가시는 길을 끝까지 지켜드리고 아들 노릇을 했으니까 그 정도는 이해해주시리라 믿습니다. 큰어머니, 항상 저승에서 평안하시길 빌어요.

둘째 큰어머니는 형과 부산에서 살다가 그곳에서 돌아가셨고, 묘소도 그쪽에서 알아서 쓰셔서 제가 따로 신경 쓰진 않았습니다. 제가 삼산의원에서 근무하던 시절에 한번은 부산에 있는 형에게서 둘째 큰어머니가 돌아가셨다는 연락이 왔습니다. 그래서 부랴부랴 휴가를 쓰고 부산으로 내려갔습니다. 원장님이 특별히 챙겨주신 부조금까지 들고 말입니다. 그런데 막상 내려가서 보니 둘째 큰어머니가 멀쩡히 살아계신 겁니다. 형에게 어떻게 된 거냐고 물었더니 사정이 생겨서 거짓말을 했다면서 가져온 부조금 있으면 주고 가라는 것입니다. 익산에서 같이 살 때도 항상 돈 문제를 일으키더니 부산에서도 변한 게 없었습니다. 저는 어이가 없었지만 기왕 가져온 돈이니 그냥 주고 왔습니다.

그러고서 돌아왔는데 원장님이 장례는 잘 치르고 왔냐고 물으셨습니다. 저는 차마 형이 돈 때문에 거짓말을 한 거라고 말하기가 창피해서 잘 치르고 왔다고 대충 둘러댔습니다. 그때부터 둘째 큰어머니는 멀쩡히 살아있으면서도 돌아가신 분이 되고 말았습니다. 그런 일이 있고 나중에 둘째 큰어머니가 진짜로 돌아가셨을 때는 정작 내려가 보지 못했습니다. 차마 원장님께 한 번 돌아가신 분이 또 돌아가셨다는 말을 할 수가 없었습니다. 그리고는 속상한 마음에 혼자 이발소에 가서 머리를 박박 밀어버리고 많이 울었습니다. 그래도 한때 어머니라고 부르던 분인데 그렇게 연이 끊어진 것이 마음이 너무 아팠던 것입니다. 우리 어머니께 못하던 효도를 큰어머니들께라도 했어야 했는데 그러지 못한 것이 죄스럽고 마음 한구석 짐이 되어 남게 되었습니다.

저에겐 이제 처가 쪽 외에는 일가친척이 없는 것이나 마찬가지입니다. 그래서 그 외로움을 달래기 위해 더 자주 어머니 묘소를 찾는지도 모르겠습니다. 어떤 일이 있어도 이곳에 오면 편하고 좋습니다. 제가 오면 어머니가 묘소 위에 앉아서 "응두 왔어? 잘 있지?" 하고 반겨주시는 것 같습니다. 그러면 저는 어머니가 진짜 옆에 계신 것처럼 대화를 나누다가 옵니다.

한번은 여행사에서 자가용 차량으로 영업을 하던 시절에 큰 사고가 난 적이 있었습니다. 갑자기 당한 사고에 인명피해도 있어서 이를 어찌 수습을 해야 할지 당황스럽고 가슴이 막 떨렸습니다. 마음을 진정하고 차분하게 처리를 해야 하는데 당장은 아무 생각도 나지 않았습니다. 그래서 저는 당시 타고 다니던 지프차를 몰고 어머니 묘소를 무작정 찾아갔습니다. 이미 날은 어두워지기 시작했는데 차에서 내려 보니 비까지 주룩주룩 내리고 있었

습니다. 늦은 시간이라 오고 가는 사람들도 없어서 묘소 근처에
차를 대놓고 올라왔습니다. 그리고 어머께 이런저런 불안한 심
정들을 이야기하며 하소연을 하고 있는데 누군가 다가와서 저를
부르는 것입니다.

"야심한 밤에 여기서 뭐하시는 겁니까?"

공원묘지 관리인이었습니다. 평소에는 제가 조용히 왔다 가니
까 별다른 이야기가 없었는데 그날은 제가 정신이 없어서 차의 시
동만 끄고 라이트는 그대로 켜둔 채 올라온 모양입니다. 어두운
묘지에 자동차 라이트가 켜져 있고 웬 남자가 실성한 사람처럼
묘지 앞에서 중얼거리고 있으니까 멀리서 보기에 이상해 보일만도
했겠지요. 그런데 그날은 제가 워낙 기분이 좋지 않고 흥분이 된
상태라서 관리인이 뭐라고 하는 말이 하나도 귀에 들어오지 않
았습니다. 오히려 저는 관리인에게 버럭 화를 냈습니다.

"내가 우리 어머니한테 와서 얘기 좀 하겠다는데 당신이 뭔데
상관이야?"

제가 소리를 지르자 관리인이 기가 죽어서 돌아가면서 자동차
라이트라도 끄고 있으라고 하더군요. 멀리서 보면 꼭 뭔 일 난 것
처럼 무섭다면서 말입니다. 그렇게 관리인이 가고 나니까 그제야
좀 정신이 들고 마음이 진정되는 것 같았습니다. 저는 자동차 라
이트를 끄고 올라와 어둠 속에서 어머께 다시 한 번 부탁을 했
습니다.

"어메, 이번에도 나 한 번 더 도와줘."

그리고 집으로 돌아왔는데, 뭔가 머릿속이 정리되는 것 같고 당황스럽던 감정들도 조금씩 안정되는 느낌이었습니다. 다행히 그 이후로 사건 처리도 잘 마무리가 되었습니다.

현재 어머니가 계신 공원묘지는 처음 옮겨올 때보다 규모도 커지고 진입로 정비도 잘 되어서 언제든 편하게 왔다 갔다 할 수 있습니다. 그런데 한번은 어머니 묘소를 이장하려고 계획한 적이 있었습니다. 제가 죽고 나면 다 끝일 것 같아서 우리 아버지와 어머니, 그리고 큰어머니 묘를 선산에 모시려고 한 것입니다.

종중에 계신 분을 만나 의논 끝에 묘 한 분당 100만 원씩 드리기로 하고 일해주실 분들 일당까지 계산해 예약을 했습니다. 그리고는 그분들과 식사를 하면서 가볍게 반주로 소주 2잔을 마셨습니다. 그러고서 차를 끌고 나오다가 그만 사고가 났습니다. 신호가 없는 사거리에서 어떤 젊은이가 운전하던 차와 좌회전 하던 저의 차가 충돌을 한 것입니다. 소주 2잔에 취했을 리도 없고 이게 웬일일까 싶었습니다. 차를 세워놓고 보험사와 아들에게 연락해 오라고 해놓고 저는 병원으로 갔습니다. 그리고 혹시 몰라 병원에서 링거주사를 맞으면서 쉬고 있는데 파출소에서 연락이 왔습니다. 저한테 음주운전에 뺑소니라면서 파출소로 오라는 것입니다. 파출소에 갔더니 음주측정을 해야 한다고 했습니다. 그래서 측정을 했더니 다행히 혈중 알코올 농도가 0.000이 나왔습니다. 그래도 신고가 들어왔으니 조사를 받아야 한다고 해서 익산경찰서로 가서 조사를 받고 귀가했습니다. 그때까지만 해도 오늘 일진이 안 좋은가보다 그 정도로만 생각했습니다.

그런데 다음날 아침, 주차장에서 차를 빼려고 후진을 하다가 또 뒤에 있던 트럭과 접촉사고가 났습니다. 후미 등이 깨져서 수리비가 생돈으로 나가게 생겼습니다. 그제야 경미하다고는 하지만 차 사고가 이틀 연속으로 일어난 것이 아무래도 이상하다는 생각이 들었습니다.

'혹시 어머니가 묘소 옮기는 것이 싫어서 신호를 주시는 것일까?'

선산으로 옮기면 제가 죽은 뒤에도 종중에서 관리를 해주니까 걱정이 없긴 하지만 제가 살아있는 동안은 아무래도 지금 있는 공원묘지보다는 멀어서 자주 찾아가지 못할 것이 분명했습니다. 아마도 어머니는 그게 싫으셨던 모양입니다. 그래서 저보고 정신 차리라고 그런 작은 사고가 일어나게 하신 게 틀림없습니다.

"응두야, 어메는 선산에 가기 싫어. 네가 자주 안 오면 어메는 외로워서 싫어."

마치 그렇게 말씀하시는 것 같았습니다. 그래서 공원묘지 관리사무소에 어머니 묘소를 앞으로 몇 년까지 모실 수 있느냐고 물었더니 20년이 지난 묘는 무기한이라고 하더군요. 그래서 어머니 묘소를 그대로 두기로 결정했습니다. 종중 분께는 정말 미안하다고 말씀드리고 이장 계획을 모두 취소시켰습니다. 그렇게 결정하고 나니 마음이 편했습니다. 눈이 오나 비가 오나 밤낮없이 어머니를 언제고 찾아뵐 수 있으니까 좋았습니다. 어머니도 좋아하시는 것 같습니다.

얼마 전 겨울, 익산에 눈이 많이 내린 적이 있습니다. 그날따라 집에 누워있는데 어머니가 너무 그리웠습니다. 밤 10시 정도의 늦은 시간이었지만 혼자 어머니 묘소를 찾아갔습니다. 그 시간에 묘지에 오는 사람은 아무도 없었습니다. 사방이 고요해서 내리는 눈이 소복소복 쌓이는 소리까지 다 들릴 것 같은 그런 밤이었습니다. 게다가 하얀 눈빛이 반사되어 밤인데도 어둡지 않은 것이 묘한 분위기를 자아내고 있었습니다.

"어메, 외롭지? 조금만 기다려. 나도 이제 나이 들어서 얼마 안 남았어. 나 갈 때까지만 참아. 내가 가면 어메 속 안 썩이고 잘할게."

묘지에 쌓인 눈을 대충 털어내고 차가운 비석을 어루만지면서 저는 그렇게 말했습니다. 그리고 눈이 더 쌓이기 전에 집에 돌아가야겠다는 생각에 일찍 자리를 털고 일어섰습니다. 차가 있는 곳까지 내려오면서 뒤를 돌아보지는 않았지만 무덤에서 어머니가 서서 절 보고 있는 것 같은 느낌을 받았습니다.

그리고 주차장에 세워둔 차를 타고 내려오는데, 그 추운 겨울밤에 어떤 젊은 여자가 한 아이는 등에 업고 또 한 아이는 손에 잡고 걸어가고 있는 것이 보였습니다. 이 밤중에, 게다가 춥고 눈까지 많이 내렸는데 공동묘지에서 그런 모습을 마주하니 이상한 느낌이 들었습니다. 차를 다시 후진하여 옆에 세운 후 창문을 열고 말했습니다.

"아주머니, 어디까지 가세요? 제가 태워드릴게요."

"아니요. 괜찮아요."

"날도 추운데 아이까지 업고. 그러지 말고 타세요."

"정말 괜찮아요. 저 옆 아파트에 사는데 아이가 눈 구경하자고 해서 나왔어요."

그러면서 고맙다고만 하고는 한사코 안타겠다고 거절하기에 할 수 없이 그냥 차를 몰고 내려왔습니다. 그런데 생각할수록 이상했습니다. 아무리 눈 구경이 좋다고 해도 그렇지, 공원묘지 옆 아파트까지 가려면 못해도 2km는 가야 했습니다. 이 추운 날에 한 아이는 업고 또 한 아이는 걷게 하면서 그 길을 걷겠다니. 아니 그보다 이 시간에 공동묘지로 산책을 나왔다는 것 자체가 이상했습니다. 제가 밤늦게 어머니 묘소에 자주 왔었지만 어쩐지 그날은 기분이 오싹했습니다.

그렇게 공원묘지를 나오다 신호에 걸려 대기 중에 갑자기 그 젊은 여자가 귀신인가 아찔하고 무서운 마음이 들었습니다.

"고마워요. 고마워요. 귀신이라도 괜찮아요."

몇 번을 그렇게 혼잣말을 하면서 돌아왔습니다. 저는 어머니 산소에 갔다가 사람을 만나면 항상 태워서 행선지까지 모셔다 드리곤 합니다. 그런 것들이 우리 어머니를 기쁘게 해드리는 일 같아서 즐거운 마음으로, 때로는 겁도 없이 그렇게 했습니다.

어머니께 드리는 편지 2

보고 싶은 어머니께

오늘은 어버이날입니다. 어머니 살아계실 때 카네이션 한 번 가슴에 못 달아드렸네요. 우리 어릴 때는 그런 풍습이 없었지만 요즘엔 이날만 되면 자녀들이 고운 꽃 한 송이를 저마다 부모님에게 달아드립니다. 참 좋은 풍습이라고 생각합니다. 제가 사람들에게 항상 효에 대해서 이야기하지만 사실 1년 내내 효도를 생각하며 사는 사람은 없을지도 모릅니다. 그만큼 요즘 사람들 사는 게 힘들어요, 어머니. 다들 먹고 사느라 힘들다고 난리입니다. 그래도 어버이날이라고 딱 정해놓고 1년에 하루라도 부모님께 효도하라고 하니까 그나마 나은 것 같아요. 이날 하루만이라도 부모님의 은혜를 생각하고 우리가 왜 효도를 하며 살아야 하는지 사람들이 생각했으면 좋겠어요. 1년에 한 번씩만 해도 10년이면 10번을 하는 거겠지요. 그러다 보면 또 어느 순간은 무슨 특별한 날이 아니더라도 효도에 대해서 생각하는 날이 있을 겁니다.

우리 아이들도 학교에 다닐 때는 색종이로 어설프게 접은 카네이션을 들고 와서는 저와 집사람에게 달아주곤 했답니다. 어머니는 누리지 못한 것을 저만 누려서 죄송해요. 하지만 제가 행복하면 어머니도 좋으시죠? 예전에 고향 땅에 어머니를 묻었을 때에는 제가 그 옆에 어머니 보시라고 예쁜 코스모스도 심었었는데 그걸 카네이션 대신이라고 생각해주세요.

오늘은 제가 어머니께 노래 한 곡 불러드릴게요. '어머니의 은혜'라는 노래예요. 가사가 참 좋아서 자꾸 불러보고 싶은 노래예요. 음치라고 놀리지 마세요.

높고 높은 하늘이라 말들 하지만
나는 나는 높은 게 또 하나 있지
낳으시고 기르시는 어머님 은혜
푸른 하늘 그보다도 높은 것 같아

넓고 넓은 바다라고 말들 하지만
나는 나는 넓은 게 또 하나 있지
사람되라 이르시는 어머님 은혜
푸른 바다 그보다도 넓은 것 같아.

오늘따라 어머니가 더 보고 싶네요. 이따 일마치고 어머니 무덤에 소주 한 병 사들고 찾아갈게요. 저랑 한 잔하면서 이런저런 이야기 나누어요. 어머니, 사랑해요.

4장

왕궁탑 사모곡

어머니 흰 머리, 주름진 얼굴
어느 하나 그립지 않은 것이 없네.
날 위해 마른 울음 삼키며
한 평생 작은 몸 부서져라 사신 어머니.

어디에 계신지 꿈속에라도
꼭 한 번 보고 싶은 나의 어머니.
목이 터져라 불러 봐도 메아리뿐
그립고 보고 싶은 나의 어머니!

사랑하는 나의 가족을 위하여

저에게는 사랑하는 가족이 있습니다. 집사람 김동기는 저와는 네 살 차이가 나고, 어머니가 아프실 때 저랑 딱 두 번 만나고 결혼을 결심해준 고마운 사람입니다. 사람이 그러기가 쉽지 않은데, 아무리 생각해도 우리 집사람이 아니었으면 어머니가 병상에 계시던 그 힘든 시절과 돌아가신 후 따라서 죽고 싶을 만큼 괴로웠던 시절을 어찌 지낼 수 있었을까 싶습니다. 어머니 다음으로 제가 존경하고 사랑하고 의지하는 사람이 바로 우리 집사람입니다.

집사람은 저에게 커다란 선물인 귀한 아이를 셋이나 낳아준 고마운 사람이기도 합니다. 큰 아들 성민이는 어머니가 돌아가신 그해(1967년)에 태어났습니다. 어렸을 때는 자주 아파서 삼산의원 김신기 원장님 신세도 많이 졌습니다. 그래도 커서는 별 탈 없이 건강하게 지금껏 잘 지내고 있습니다. 원광대학교 사범대학에서 생물학을 전공했는데, 졸업 후 다른 일을 하다가 지금은 우리 여행사에 들어와서 일을 하고 있습니다. 말하자면 가업을 잇고 있는 셈입니다. 결혼해서 분가했지만 여행사 일을 하니까 멀리 떨어져 있지는 못하고 익산에서 아들 하나, 딸 하나 낳아 잘 살고 있습니다.

그런데 성민이가 익산에 살면서 여행사 일을 하게 된 데에는 사연이 있습니다. 원래는 전공을 살려서 학교 선생님을 하려고 준비를 했었습니다. 그리고 인천에 있는 모 학교에 들어가기로 이야기가 다 되었습니다. 그런데 요즘에도 그런지 모르겠지만 당시만 하더라도 사립학교에서 정식 교사 자리를 얻으려면 재단 쪽에 기부금 형식으로 돈을 내야 했고, 당장 5천만 원이 필요했습니다. 아무리 사업을 한다고 해도 그만한 돈이 준비되어 있을 리가 없었습니다. 그래서 급하게 여기저기 빌려서 돈을 마련했습니다.

그렇게 성민이가 취직이 되어서 인천으로 가게 되었습니다. 그런데 저는 성민이와 떨어져 살 생각을 하니까 마음이 좋지 않았습니다. 제가 어렸을 때부터 어머니 말고는 다른 가족의 사랑을 받지 못하고 자라서 그런지 항상 정에 굶주려 있었고, 그래서 제 아이들에게는 정도 많이 주고 참 살갑게 대하며 키웠습니다. 남들은 제가 아이들에게 엄하고 가부장적인 아버지일 것이라고 생각하는 경우가 많지만 전혀 그렇지 않습니다. 저는 아이들과 친구처럼 편하게 지내는 편입니다. 스킨십도 잘 하고 애정표현도 잘합니다. 그러다보니 때론 아이들이 버릇없이 구는 것처럼 보일 때도 있지만 저는 그게 좋습니다. 부모 자식 간에 너무 격식을 따지고 예의를 따지면 친밀감이 떨어지는 것 같습니다. 특히 큰아들 성민이는 첫 정이라 그런지 애틋한 것도 있어서 더 떠나보내기 싫었습니다.

그런데 성민이가 인천으로 떠나기 며칠 전, 친구들과 술을 한잔하고 밤늦게 들어와서는 자고 있던 제 배 위에 올라타더니 대뜸 그러는 겁니다.

"아버지 요즘 표정이 왜 이렇게 안 좋아요? 저 돈 해주느라 많이 힘드셨어요?"

"돈도 돈이지만 너랑 떨어져 산다고 생각하니까 서운해서 그런다. 근데 그게 얼굴에 많이 표시가 나던?"

"아버지, 저 안 갈래요. 아버지 불쌍해서 못가겠어요. 옆에서 같이 살래요."

그러면서 막 우는데 성민이가 흘린 뜨거운 눈물이 제 얼굴 위로 뚝뚝 떨어졌습니다. 저도 그만 울컥해서 눈물이 났습니다. 성민이가 자신의 꿈을 위해서 인천으로 안 가는 것이 아니라 나를 위해서 못 간다고 생각하니 눈물이 더욱 흘렀습니다.

"그래, 가지 마라. 여기서 우리 같이 살자. 고생스럽더라도 아버지 옆에 있어라."

그러고는 둘이 부둥켜안고 얼굴을 묻은 채 한참을 울었습니다. 그때 눈물이라는 것이 이렇게 뜨거운 것이구나 하는 것을 처음 알았습니다. 부자지간의 정이라는 게 뭔지 모르고 살아온 저에게 성민이가 그것을 알게 해주었습니다. 그것이 얼마나 기쁘고 고마운지 모릅니다.

결국 성민이는 인천으로 올라가는 것을 포기했고, 어렵게 구한 교사직도 더불어 포기했습니다. 그때부터 성민이는 우리 여행사에서 근무하기 시작했습니다. 성민이가 여행사 일을 하기 시작하면서 회사 규모도 많이 커지고 여러 면에서 탄탄해졌습니다. 아무것도 모르고 겁 없이 시작한 저와 달리 아무래도 젊고 배운 것도 많은 성민이가 일을 같이 하니까 기획력도 좋아지고 회사 분위기도 전보다 훨씬 활기차졌습니다.

성민이가 여행업에 뛰어든 지도 벌써 20년이 넘었습니다. 이제 이 바닥에서도 잔뼈가 굵은 베테랑이 되었습니다. 성민이가 중간에 포기하지 않고 저와 함께 이 일을 계속 해주는 것이 얼마나 고마운지 모릅니다. 물론 고마운 마음보다 더 앞서는 것이 미안한 마음입니다. 요즘처럼 여행업 경기가 안 좋을 때는 더 그런 생각이 듭니다. 만약 그때 제가 성민이의 발목을 잡지 않았다면 교사 생활을 하면서 존경도 받고 보다 안정적인 기반에서 편안하게 살았을 것입니다. 그런데 그런 기회를 아버지 때문에 놓쳐버린 것 같아 안타까울 때가 많습니다.

하지만 후회는 없습니다. 그건 성민이도 마찬가지일 거라고 생각합니다. 가족이라는 것이 그런 것 아닐까요? 때론 손해를 보는 것 같아도 서로의 손을 놓지 않는 것, 더 많이 벌고 모으는 욕심보다는 서로 살을 부비면서 소박함을 더 소중하게 여기는 것, 그게 바로 가족 간의 정이고 의리인 것이지요.

둘째는 1969년생 딸 성희입니다. 영국 노팅햄 트랜트대학교로 유학을 가서 조각 관련 공부를 했습니다. 공부를 마친 후에는 노팅햄 트랜트대학교에서 교수로 6년간 일했습니다. 그리고 최근에 귀국했습니다. 지금은 중원대학교에서 교수로 재직 중입니다. 결혼해서 아들이 하나 있습니다.

우리 딸이 공부에 대한 욕심이 많아서 그 뒷바라지를 하느라 우여곡절이 많았습니다. 딸은 고등학교를 졸업하고 서울에 있는 대학에 들어가겠다고 고집을 피웠습니다. 사실 저는 내심 딸이 취업을 해줬으면 좋겠다고 생각하고 있었습니다. 형편이 그리 넉넉한 편이 아닌데 당시 큰 애가 대학을 다니고 있어서 한꺼번에 두 명의 등록금을 대기는 아무래도 힘에 부쳤기 때문입니다. 그래도 딸이 대학에 가고 싶다는데 무조건 안 된다고 할 수도 없고 고민이 많았습니다. 그때 큰아들 성민이가 그러더군요.

"아버지, 우리가 조금 더 절약해서 성희 대학에 보내요."

그 어린것들이 절약을 하면 얼마나 하겠습니까. 그래도 그 마음씀씀이가 내심 기특해서 일단 서울에 있는 중앙대학교 입학시험 보는 것은 허락을 했습니다.

"대신 떨어지면 바로 취업하는 거다. 알았지?"

"알았어요. 약속해요."

그렇게 다짐을 받고 시험을 보게 했는데 덜컥 합격을 해버렸습니다. 약속을 했으니 대학을 보내긴 해야겠는데, 당장 입학금 낼 돈이 없었습니다. 당시 입학금이 60~70만 원이었던 것으로 기억합니다. 애들에게 말은 못하고 혼자서 끙끙 앓기 시작했습니다. 그때 병원에서 일할 때 나에게 도움을 많이 받았던 지인이 어려우면 얘기하라며 언제든지 돈을 빌려주겠다고 했던 말이 생각났습니다. 처음 그 말을 들었을 때는 괜히 그 돈을 받기가 싫어서 거절했었는데 사정이 다급해지니까 자존심이고 뭐고 다른 생각을 할 겨를이 없었습니다. 그래서 그 사람을 찾아가서 어렵게 말을 꺼냈습니다.

"지난번에 말했던 그 돈 말인데요. 지금이라도 빌려줄 수 있겠어요? 내가 좀 급하게 필요해서 말이에요."

"에이, 이 사람아. 그 돈이 지금까지 그냥 있겠나? 좋은 땅이 나왔다기에 사버렸지."

그 말을 듣는데 처음부터 나한테 돈 줄 생각이 없었구나 싶었습니다.

"알겠습니다. 제가 괜한 말을 꺼냈군요."

그러고 돌아오는데 괜히 분한 기분도 들고 자존심도 팍팍 상했습니다. 하지만 그런 생각을 길게 하고 있을 여유가 없었습니다. 당장 입학금을 마련하지 못하면 성희가 얼마나 실망을 할까 생각하니 마음이 아파 견딜 수가 없었습니다.

그렇게 계속 고민하고 있던 와중에 근처 성당에서 45인승 버스를 지입으로 운전하고 있는 친구를 만났습니다. 그 친구 말이 자기 차를 팔면 200만 원이 나오는데, 사고로 폐차를 하면 보험으로 500만 원이 나온다는 겁니다. 그러면서 누가 자기 차에 사고 좀 내줬으면 좋겠다고 농담을 하는 것이었습니다. 그 말을 듣는데 제 머리가 번쩍 했습니다.

"내가 사고 내서 폐차시켜줄 테니까 보험금 나오면 나한테 50만 원만 줄래?"

사람이 너무 궁지에 몰리니까 그런 극단적인 생각도 하게 되더군요. 말하자면 제가 일종의 보험사기를 제안한 것입니다. 친구가 가만히 생각을 하더니 한 번 해보자고 했습니다.

다음날 저녁, 그 친구가 자기 집으로 오라고 해서 갔더니 우선 자기 승용차부터 시험적으로 해보자는 겁니다. 그래서 제가 그 친구 승용차를 함열 쪽 도로변으로 몰고 가서 차의 옆구리를 석재 쌓인 곳에다 충돌시켰습니다. 사람은 다치지 않고 차만 다치게 해야 하기 때문에 운전 실력과 운동 신경, 그리고 담력도 있어야 했습니다. 다행이라고 해야 하나, 아무튼 저에게는 그 세 가지가 전부 다 있었습니다. 승용차로 시험한 결과가 만족스러웠는지 이번엔 버스를 가지고 해보라고 했습니다.

인적이 드문 한밤중, 둘이서 버스를 몰고 여산으로 가서 금마로 넘어오는 고개에 차를 세웠습니다. 친구가 내린 후 빈 차를 도로 옆 낭떠러지로 굴러 떨어지게 하는 것이 제가 할 일이었습니다. 물론 차가 완전히 떨어지기 전에 차 밖으로 탈출해야 했습니다. 잘못했다간 제 목숨도 위태로운 위험천만한 일이었습니다. 돈

50만 원에 목숨까지 걸어야 하는 제 자신이 한심했지만 이것저것 따질 수 있는 처지였다면 여기까지 오지도 않았을 거라며 마음을 다잡았습니다.

'어메 미안해. 못난 아들 용서해줘. 그리고 나 좀 도와줘.'

운전대에 앉아서 어머니께 기도를 한 후 사이드를 풀었습니다. 2단 기어를 넣고 브레이크에서 발을 떼면서 클러치를 놓는 순간 차는 낭떠러지 계곡으로 향하기 시작했습니다. 차가 굴러가는 동안 저는 운전석을 빠져나와 재빨리 승강구를 통해 밖으로 뛰어 내렸습니다. 텀블링을 하면서 땅에 떨어졌는데, 누워서 보니까 굴러가던 버스가 제가 누워있는 쪽으로 기울어지는 것이었습니다.

'아, 이렇게 죽는구나.'

그런 생각이 머리에 스치는 순간, 저는 눈을 질끈 감으며 "어메!"를 외쳤습니다. 그리고 시간이 얼마나 흘렀을까. 친구가 제게 다가와 "괜찮아?" 하고 물어보는 소리가 들렸습니다. 눈을 떠보니 버스는 보이지 않았습니다. 분명 몇 초도 안 될 찰나의 순간이었을 텐데 눈을 감고 있던 그 순간이 엄겁의 세월처럼 길게 느껴졌습니다. 지난 세월이 주마등처럼 지나간다는 말을 실감했습니다. 차는 다행히 제 쪽으로 기울어지지 않고 그대로 낭떠러지 아래로 굴러가 떨어졌던 모양입니다. 정신을 차리고 친구와 함께 버스가 떨어진 계곡에 내려가서 보니 버스가 완파가 되어 있었습니다.

그 일이 있은 후 저는 그 친구한테 약속한 대로 50만 원을 달라고 했습니다. 그런데 그 친구가 차일피일 미루면서 자꾸 피하더니 나중에는 만나기도 힘들어졌습니다. 저는 결국 그 돈을 받지 못했습니다. 안 주려고 버티는데 당할 재간이 없었습니다. 결국 제가 또 사람을 잘못 본 것입니다. 목숨까지 걸고 그 험한 일을 했는데 아무런 대가도 받지 못한 것이 억울했지만 가만히 앉아서 신세한탄만 하고 있을 수는 없었습니다. 시간이 급했습니다. 입학금을 정해진 기한 내에 내지 못하면 입학이 취소되기 때문에 뜸을 들일 수가 없었습니다. 돈을 빌릴 곳도 없고 할 수 없이 이번엔 제가 가진 25인승 자가용 차량으로 보험금을 타내야겠다고 생각했습니다. 자차 보험으로 65만 원까지 받을 수 있었습니다. 그래서 다시 한 번 목숨을 걸고 사고를 내기로 결심했습니다. 일단 차를 몰고 다니면서 사고 내기 적당한 곳을 찾아다녔습니다. 그러다 금마와 함열 사이에 있는 근로자 아파트 뒤에서 농사짓는 물이 지나가는 다리의 기둥을 발견했습니다.

'그래, 저기에 좋겠다.'

그리고 3~4일 있다가 차량을 몰고 충돌하려고 다시 그곳에 찾아갔습니다. 그러나 막상 충돌하려고 하니까 도저히 무서워서도 못하겠더군요. 결국 못 부딪히고 지나쳐 가다보니 슈퍼마켓 하나가 보였습니다. 차를 세우고 거기에 들어가서 막걸리를 한 병 달라고 해서 마셨습니다. 술기운을 빌려 다시 차에 올라탄 저는 애초에 점찍었던 기둥의 반대쪽 기둥에 차를 충돌시켰습니다.

사고 후 폐차는 되었고 저도 조금 다쳐서 병원에 입원을 했습니다. 그러고 나서 보험사에 연락을 했더니 담당자가 왔습니다. 그분은 제 또래의 친구였습니다. 그런데 저를 보고는 아무래도 이상하다고 하는 것입니다.

"김 사장님이 운전을 그렇게 하실 분이 아닌데……."

저는 혹시나 보험금이 나오지 않을까봐 조바심이 나서 담당자의 손을 덥석 잡고는 사정을 했습니다. 내가 당장 그 보험금이 필요하니까 잘 좀 봐달라고 부탁을 한 것입니다. 그리고 그냥 해달라고 하면 안 해줄까봐 보험금이 나오면 나한테는 50만 원만 주고 나머지 돈으로 양복이나 한 벌 해 입으라고 했습니다. 당시 돈으로 15만 원이면 꽤 큰돈이었습니다. 당시 시골에서는 양복 한 벌에 만 원하던 시절이니 아주 큰돈이죠. 처음엔 담당자가 무슨 큰일 날 소리냐며 펄쩍 뛰더군요. 그러더니 제가 딱해보였는지 아니면 자기에게 생길 공돈이 탐났는지 어쨌든 알았으니 기다려 보라면서 갔습니다.

그렇게 초조한 마음으로 담당자의 연락을 기다리는데 딸 성희가 병간호를 한다고 병원에 왔습니다. 딸아이의 얼굴을 보니까 갑자기 미안하기도 하고, 이 세상에 우리 식구뿐인데 내가 만약 잘못 되었으면 어쩔 뻔했나 하는 생각이 들어 눈물이 나왔습니다. 제가 우는 모습을 보고는 성희가 잔소리를 했습니다.

"그러니까 아빠, 왜 또 술 먹고 운전을 하다 사고를 내요."

제 딴에는 속상해서 하는 소리겠지만, 저는 속의 감춰둔 이야기를 하지도 못하고 하염없이 눈물만 흘렸습니다.

며칠 후 보험사 담당자가 보험금이 나왔다면서 정말 딱 50만 원만 가지고 왔습니다. 어쨌든 그 돈이면 성희의 대학 입학금을 보태서 낼 수 있으니 저는 그것으로 만족했습니다. 그렇게 성희는 서울에 있는 중앙대학교에 입학했습니다. 성민이와 성희 두 명을 동시에 대학 공부를 시키느라 무척 힘들었습니다. 지금 생각해도 그 학비를 어떻게 다 댔는지 모르겠습니다. 게다가 성희는 미술을 전공해서 돈이 더 많이 들었습니다.

그런데 성희는 딸이지만 제 성격을 닮아서 한 번 작정한 일은 불도저처럼 밀어붙이는 경향이 있었습니다. 기어이 대학 4년 동안 자기가 하고 싶은 공부를 다 하더니 졸업 후에는 미국으로 어학연수를 다녀왔습니다. 그러더니 영국으로 유학까지 가겠다고 했습니다. 처음 몇 번만 학비를 보태주면 나머지는 자기가 장학금을 타든지 아르바이트를 해서 어떻게든 충당하겠다고 했습니다. 그 녀석이 그렇게 하겠다니 말릴 사람이 없었습니다.

성희가 영국으로 유학을 떠나던 날, 함께 고속버스를 타고 공항으로 가면서 이런저런 이야기를 나누다가 입학금 때문에 제가 그렇게 무서운 사고를 저질렀던 사실을 다 이야기했습니다. 언젠가 딸도 그 사실을 알아야 한다고 생각했는데, 어쩌다 보니 그 순간 털어놓게 된 것입니다. 그러자 성희가 막 울면서 그런 얘기를 왜 이제야 하냐고, 그동안 아빠 혼자서 얼마나 마음고생이 심했느냐며 오히려 저를 위로해주더군요.

"이런 못난 아빠라서 미안하다. 너 유학 보내놓고 학비도 몇 번 못 보태줄 텐데 어쩌면 좋니?"

"걱정 말아요. 내가 벌어서 다닐 수 있어요. 그리고 왜 아빠가 못났어. 아빠가 세상에서 제일 멋진 사람인데."

그렇게 속 깊은 얘기를 하고 유학길에 오른 성희는 정말 힘겹게 공부를 마치고 그곳에서 살면서 기어이 박사학위까지 받았습니다. 한번은 학비를 송금해야 하는데 돈이 없어서 국민연금공단에 가서 그동안 납부한 연금을 해약 좀 해달라고 했습니다. 그랬더니 공단 직원이 지금 해약하면 손해라면서 나중에 후회한다고 다시 생각해보라 했습니다. 물론 저도 해약하고 싶지 않았지만 당장 영국에서 고생하고 있는 딸에게 송금할 수 있는 방법은 그 방법밖에 없어서 할 수 없이 해약을 하고 말았습니다. 그렇게 매 순간 어렵고 힘들었지만 후회는 하지 않습니다.

다만 보험금을 타내기 위해 일부러 사고를 냈던 일은 오랫동안 마음속에 남아 있었습니다. 어쩔 수 없는 상황이긴 했지만 어쨌든 해서는 안 될 일을 했기 때문에 항상 개운치가 않았습니다. 그러다 시간이 흐르고 사업도 어느 정도 안정이 되기 시작했을 때 경찰서 보안계장으로 있는 친구를 찾아갔습니다. 지난 잘못을 자수하는 심정으로 그때 사고 얘기를 털어놓았습니다.

"지금이라도 그때 받은 보험금을 돌려주고 싶은데 가능할까?"

그랬더니 그 친구가 맨입으로는 안 된다면서 양담배 한 보루를 사오라고 했습니다. 저는 또 사오라니 사다가 친구에게 건넸습니다. 그러자 친구는 웃으면서 이미 공소시효가 다 지나서 이제 괜찮다고 했습니다. 괜히 저를 놀리려고 담배 심부름을 시킨 것이었습니다. 보험회사에는 미안했지만 이제 다 끝났다고 하니까 마음이 편하고 좋았습니다.

막내 성헌이는 1971년생으로 누나 성희처럼 예술을 전공했고, 현재는 단국대학에 출강하고 있습니다. 강사를 오래 해서 이제 곧 부교수가 될 것 같습니다. 어쩌다보니 한 집에서 조각을 전공한 예술대학 교수가 두 명이나 나왔습니다. 그런 예술적인 감성은 어디에서 나왔는지 모르겠습니다. 저한테서 물려받는 재능은 아닌 것 같고, 아마도 우리 집사람이 애들 교육을 잘 시켜서 그런 것 같습니다.

제가 나가서 돈 벌고 술 마시고 그럴 때, 집사람이 집안에서 아이들을 키우고 공부 시킨 것입니다. 저는 좋은 여자를 만나서 이런 행운을 누리고 삽니다. 집사람이 나와 살면서 고생을 참 많이 했는데 그래도 항상 제 뜻대로 다 참고 따라와 줘서 고맙습니다. 우리 집에 특별히 가훈이 있는 것은 아닙니다. 아이들 키우면서 효도를 해라, 바르게 살아라, 공부를 해라, 이런 말을 하면서 살 여유가 없었습니다. 그만큼 먹고 살기 힘들었습니다. 그런데도 아이들이 누구보다 바르게 잘 성장한 것은 전적으로 집사람 덕이라고 생각합니다. 너무 고마운 사람이고 나에게는 넘치는 사람입니다.

그래도 제 나름대로는 열심히 살았다고 생각을 합니다. 아이들도 알 것입니다. 존경받는 아버지는 못 되어도 어디 가서 욕먹을 아버지는 아니라고 생각하며 지금까지 살았습니다. 그리고 겉보기와 다르게 아이들에게 애정 표현도 잘하고 격이 없이 지냈습니다. 그건 아마도 제가 이 세상에 혼자이고, 이 아이들이 내 유일한 혈육이라는 생각 때문에 그런 것 같습니다. 내 새끼보다 좋은 것이 세상에 어디 있나 싶습니다. 부자유친(父子有親)이라는 말이 괜히 나왔겠습니까. 지금껏 그렇게 살아왔지만 앞으로도 사랑하는 나의 가족을 위해 남은 생도 열심히 살 생각입니다.

그런데 한 가지 안타까운 것은 집사람이나 아이들은 우리 어머니에 대해서 잘 모른다는 것입니다. 아이들은 할머니에 대한 기억이 전혀 없고, 집사람은 신혼 초기에 어머니의 병수발을 들면서 어렵고 힘들었던 기억만 있어서 그런지 저만큼 애틋한 것이 없습니다. 그래서 제가 매일 어머니 묘소를 찾아가서 이야기를 나누고 항상 어머니가 곁에 계신 것 같다고 말하는 것을 잘 이해하지 못합니다. 물론 말로는 이해한다고 하지만 아마 제가 어머니에 대해서 느끼는 감정의 10분의 1도 느끼지 못할 것입니다. 어쩌면 당연한 일인지도 모르겠습니다. 그래도 조금은 서운한 감정이 듭니다.

우리 집 식구들은 전부 교회에 다닙니다. 우리 집사람이 교회 활동을 참 열심히 합니다. 저도 어머니가 병석에 계실 때 집사람과 결혼을 하면서부터 하나님께 기도를 하기 시작했습니다. 당시엔 종교적인 신념 같은 것이 있다기보다는 어머니의 병환이 낫기를 바라는 간절한 마음이 기도라는 형식으로 표현이 된 것입니다. 그러다 정식으로 교회에 다니기 시작한 것은 13년 정도된 것 같습니다. 그런데 주변의 교인들은 무슨 일이 생기면 제일 먼저 하나님부터 찾지만 저는 아직도 어머니부터 찾습니다. 그런 점에서는 하나님에 대한 제 믿음이 아직 부족한 것 같습니다.

그래도 어머니에 대한 제 믿음을 져버릴 수는 없습니다. 이런 제 마음을 가족들이 좀 더 이해해줬으면 좋겠습니다. 제가 굳이 책을 써야겠다고 결심한 것도 말로 다 전하지 못한 저의 마음을 책으로라도 전할 수 있기를 바랐기 때문입니다. 제가 느끼는 감정 그대로, 사랑하는 우리 가족들, 그리고 주변 지인들에게도 전달되기를 바랍니다.

어머니와 똑같은 길을 가게 된
나의 운명

사실 이야기하기 조심스럽긴 한데, 저에게는 성민이, 성희, 성헌이 세 자녀 외에 혼외 아들이 한 명 더 있습니다. 이제 와서 새삼스럽게 밝히는 것은 우리 넷째도 제 아들로 당당히 인정받았으면 하는 마음 때문입니다. 이름은 영훈(가명)이고, 나이는 올해로 33살이 되었습니다.

우리 집사람과 아이들에게는 정말 미안하고 부끄러운 일이지만 저는 한때 오진희(가명)라는 여인과 만났습니다. 하지만 영훈이가 제 핏줄은 아닙니다. 그렇다고 오진희가 낳은 아들도 아닙니다. 그렇습니다. 영훈이도 저처럼 어머니의 헌신적인 손길이 없었다면 죽음의 문턱을 넘었을 아이입니다. 제가 막내 영훈이에게 남다른 감정을 느끼는 것도 그 때문입니다. 저와 같은 운명을 타고난 아이, 친부모로부터 버려진 채 꺼져가던 생명이 정말 기적처럼 제 앞에 나타났고, 그 아이는 오진희라는 여인이 우리 어머니가 나와 새로운 인연을 맺고 헌신적으로 키웠듯이 그렇게 가슴으로 안았습니다.

지금부터 저와 그 아이가 운명적으로 만나게 된 이야기를 하려고 합니다. 제가 병원에서 근무를 하던 때였습니다. 당시만 하더라도 산부인과에서 낙태시술을 많이 했습니다. 그러다보니 죽은 태아의 시신을 처리하는 일이 종종 생겼습니다. 지금이야 관련법에 의거해서 의료폐기물을 따로 수거하는 시스템이 있지만, 그때만 해도 그런 게 없고 병원에서 자체적으로 알아서 처리했습니다. 우리 병원에서는 사환을 보는 아이가 그 일을 하곤 했는데, 물어보니 만경강에 갖다 버린다고 했습니다. 지금으로서는 상상할 수도 없는 일이지만 그 시절엔 만경강이 익산에서 나오는 각종 폐기물의 처리장 같았습니다. 참 열악한 상황이었습니다.

아무튼 그런 상황이었는데, 하루는 사환 아이가 다른 일로 병원에 나오지 않아서 그날따라 그 일을 제가 하게 되었습니다. 늦은 저녁 시간, 병원 문을 닫고 아무도 없는 산부인과 진료실에 들어갔습니다. 피 냄새가 진동하고 죽은 태아가 신문지에 싸여진 채 놓여있었습니다. 낙태를 한 건지 사산을 한 건지 모르겠는데 크기를 보니 거의 다 자란 태아였습니다. 어쨌든 죽었으니까 갖다 버리라고 저기에 두었겠지 생각했는데 간호사가 갖다 버려야 한다고 하는 말에 신문지 뭉치를 집어 들었습니다. 그런데 뭔가 미세한 움직임이 느껴졌습니다.

'살아있다!'

그 순간 온몸에 소름이 돋았습니다. 떨리는 손으로 신문지를 열어보니 태아에 미세한 호흡이 남아있었습니다. 이대로 갖다버리면 이 생명을 내 손으로 죽이게 되는 것이라는 생각이 드니 도저히 그럴 수가 없었습니다.

'이 아이는 어쩌다 세상에 나오자마자 버려질 운명으로 태어났을까. 만약 우리 어머니가 거두어주지 않았으면 나 역시 이 아이처럼 신문지에 싸여 차가운 강바닥에 버려졌을지도 모른다.'

그런 생각이 들자 갑자기 심장이 마구 뛰면서 어떻게든 이 아이를 내가 살려야겠다는 생각이 들었습니다. 그때 하필 머릿속에 떠오른 사람이 오진희였습니다. 왜 우리 집사람이 아니라 그 사람이 떠올랐는지 지금도 잘 모르겠습니다. 아마도 본능적으로 우리 아이 세 명도 힘들게 키우고 있는 집사람에게 부담을 주고 싶지 않았던 모양입니다. 아무튼 오진희에게 전화를 걸어 아기 포대기 하나 사오라고 했습니다.

사실 큰 기대 없이 전화를 했던 건데 웬일인지 아무 말 없이 포대기를 사가지고 오더군요. 그렇게 우리 둘이 그 아이를 포대기에 싸서 오진희의 집으로 데리고 갔습니다. "팔자 좋지 않은 년"이라면서 죽어도 애는 안 낳는다고 입버릇처럼 말하던 사람이 아무 말 없이 그 아이를 그렇게 받아서 키우기 시작했습니다.

우연이 여러 번 겹치면 필연이라고 했던가요? 만약 그날 제가 아닌 사환 아이가 신문지에 싸여진 아이를 갖다버렸다면, 아이가 아직 살아있는 것을 알았을 때 제가 원장님이나 사모님에게 먼저 말씀드렸다면, 오진희에게 포대기를 사오라고 했을 때 싫다고 했으면, 그랬다면 영훈이가 우리 아들로 살 수 있었을까요? 운명이라는 것은 사람의 힘으로는 도저히 어떻게 할 수 없는 기적과 같은 순간들이 모여 이루어지는 것 같습니다. 그 순간 피와 오물을 뒤집어 쓴 그 아이가 냄새나고 더럽게 느껴질 만도 했을 텐데 내 아들이 되려고 그랬는지 전혀 그런 느낌도 없었습니다.

그날 이후로 누구의 핏줄인지도 모르는 영훈이는 저와 오진희의 아들이 되었습니다. 당장은 아니지만 영훈이도 내 아들이라는 것을 세상에 알릴 날이 있을 거라 생각했습니다. 어쨌든 당장은 아이를 건강하게 살려내는 일이 급선무였습니다. 거의 죽다시피 했던 아이다보니 건강이 매우 좋지 않았습니다. 그런 아이를 소아과에 데리고 다니면서 치료를 하느라 돈도 많이 들었습니다. 근 1년은 병원에서 살다시피 했습니다.

제 빤한 월급으로는 우리 식구들 건사하기도 바쁜 데다 영훈이 병원비에 생활비까지 대기가 여간 힘든 것이 아니었습니다. 그래서 영훈이 엄마가 살림에 보탬이 되라고 작은 돈을 굴려서 일수를 놓았습니다. 그러다 그게 잘못되어서 빚만 잔뜩 안게 되었습니다. 그러다 더 이상 감당할 수 없을 지경에 이르게 되어 저는 영훈이 엄마와 영훈이를 야반도주시켰습니다. 그때가 영훈이가 5살쯤 되었을 때였습니다.

새벽 3시, 저는 영훈이 엄마에게 짐을 대충 챙기라고 하고선 아는 후배를 불렀습니다. 그리고 그 후배가 운전하는 차를 타고 정해진 목적지도 없이 일단 익산을 떴습니다. 고속도로를 타고 정처 없이 달리는데 나도, 영훈이 엄마도 야반도주할 수밖에 없는 신세가 처량해서 많이 울었습니다.

"형님, 이제 어떻게 하실 거예요?"

서서히 날이 밝아오자 운전을 하던 후배가 물었습니다. 마침 차가 서대전 쪽으로 진입하고 있었습니다. 우리는 거기서 내리기로 했습니다. 시내에 들어가서 우선 해장국으로 아침식사를 했습니다. 그리고 복덕방을 찾아가서 제일 싼 사글세 단칸방이 있는지 물었습니다. 다행히 복덕방에서 적당한 곳을 소개해줘서 당장 그 방으로 들어갔습니다. 들고 온 보따리 하나가 전부였기 때문에 따로 이사 날짜를 잡을 필요도 없었습니다. 그리고 그 두 모자를 그곳에 두고 후배와 함께 다시 익산으로 돌아오는데, 마음이 찢어지듯 아팠습니다.

그 후부터 한 푼 두 푼 돈을 모아 익산에서 대전으로 생활비를 조금씩 가져다주며 지금껏 살아왔습니다. 다른 건 몰라도 우리 영훈이 학교 공부만큼은 남들 부럽지 않게 시켜주고 싶었습니다. 그러나 익산 본가의 아이 3명을 키우며 학비 대기도 허덕이던 마당에 영훈이까지 챙기는 것이 쉬운 일은 아니었습니다. 그래도 이를 악물고 제가 할 수 있는 최선을 다했습니다.

저는 영훈이를 어머니가 주신 선물이자 책무라고 생각합니다. 어머니 당신이 핏덩이로 버려진 저를 거두어 먹이고 입혀서 키운 것처럼 저도 저처럼 버려졌던 아이를 데려다가 정성껏 키우라고 말씀하시는 것 같았습니다. 그리고 제가 영훈이를 사랑으로 잘 보듬으면 어머니도 이 아이가 아프지 않게, 다치지 않게 잘 보살펴주시리라 생각했습니다.

영훈이가 중학교를 졸업하고 고등학교에 입학한 지 얼마 되지 않았을 때였습니다. 하루는 영훈이 엄마가 울면서 전화를 했습니다. 무슨 일이냐고 물었더니 파출소에서 영훈이가 오토바이 폭주족이라면서 연락이 왔다는 것입니다. 저는 그날 밤 만사를 제쳐두고 대전으로 올라갔습니다. 그리고 영훈이를 집 앞 공터로 불러냈습니다. 저는 영훈이 앞에 무릎을 꿇었습니다.

"아버지, 왜 이러세요."

영훈이가 놀라서 자기도 제 앞에 무릎을 꿇더군요. 저는 영훈이의 손을 꼭 잡고 눈물을 흘리면서 말했습니다.

"영훈아, 폭주족이 웬 말이냐. 그러다 네가 다치거나 어디가 잘못되면 나나 네 엄마는 못 산다."

그랬더니 영훈이도 울면서 다시는 안 하겠다고 약속을 했습니다. 저는 영훈이의 심정을 누구보다 잘 이해합니다. 저도 영훈이 나이쯤 되었을 때는 저의 출생에 대한 불만과 주변의 시선들 때문에 괴로워하며 일탈을 꿈꾸던 시절이 있었습니다. 젊은 혈기에 사고도 많이 쳤습니다. 영훈이도 그래서 폭주족이 되려고 했을지도 모릅니다. 그래도 영훈이는 고맙게도 길게 방황하지 않고 착실히 나머지 학업을 마쳤습니다. 대전에서 기계공고를 졸업

한 후 다시 대학교에 진학을 했습니다. 대학 졸업 후에는 대기업 계열사에 취업을 해서 지금까지 착실하게 잘 살고 있습니다. 저는 영훈이가 어렵고 힘들 때마다 어머니께 도와달라고 기도하곤 했는데, 이게 다 어머니의 보살핌 덕분인 것 같습니다.

솔직히 제가 영훈이 엄마를 처녀시절에 만나 바람을 피운 것은 잘못한 일이고, 우리 집사람이나 아이들에게도 용서를 구할 일입니다. 하지만 만약 영훈이 엄마가 없었다면 영훈이도 없었을 것입니다. 제가 영훈이 엄마를 만난 것도 어쩌면 영훈이를 만나기 위한 운명이 아니었을까 생각합니다. 영훈이가 비록 내 핏줄은 아니지만 내 새끼보다 더한 그런 애틋한 감정이 있습니다. 세 명의 친자녀가 세상의 무엇보다 소중하고 사랑스럽지만, 영훈이에게 제가 느끼는 감정은 조금 특별합니다. 제 친자녀들은 아무리 저를 사랑한다고 해도 저와 제 어머니 사이의 사무치는 정을 영훈이 만큼은 이해하지 못할 것입니다. 저랑 처지가 꼭 닮아있어서 더 아픈 아이가 영훈이입니다.

그런데 제가 영훈이에게 참 미안한 것이 있습니다. 영훈이를 제 호적에 올리지 못한 것입니다. 영훈이의 출생신고를 하면서 처음에는 아무 생각 없이 제 호적에 올렸었습니다. 그랬다가 한바탕 난리를 치르고 난 뒤 영훈이 엄마 오진희 호적에 다시 이름을 올렸습니다. 아직 우리 집에서는 영훈이의 존재를 모르던 때였습니다. 그런데 제 이름 밑으로 영훈이의 출생신고가 접수되니까 동사무소에서 확인 차 우리 집에 찾아왔습니다. 그때 저는 병원에서 일을 하고 있었고 집에 혼자 있던 집사람이 그 얘기를 듣고 난리가 난 것입니다. 당연히 우리 집사람은 우리 집에는 그런 아이가 없다고 했겠지요. 그래서 동사무소 직원이 병원까지 찾아오는 바람에 곤욕을 치렀습니다. 결국 행정적인 착오인 걸로 얘기를 해서 제 호적에 올랐던 영훈이 이름을 지우고 영훈이 엄마 호적을 새로 파서 거기에 올렸습니다.

아무튼 그 일을 겪으면서 우리 집에서도 영훈이의 존재를 알게 되었습니다. 제가 밖에서 몰래 낳은 아들이 아니라 새로운 인연으로 맺어진 아이라니까 처음엔 집사람도, 아이들도 믿지 않는 눈치였습니다. 그러더니 한 핏줄이 아니니 더더욱 인정할 수 없다는 분위기가 되었습니다. 저는 그게 더 서운했습니다. 한 핏줄이 아니라는 이유로 어린 시절 큰집 식구들에게서 받았던 설움이 생각났기 때문입니다. 저는 지금이라도 우리 집 식구들이 영훈이를 한 가족으로 받아들여준다면 소원이 없겠습니다.

영훈이가 느끼는 감정을 생각하면 마음이 아프고 짠합니다. 저는 어렸을 때 어디서 주워온 아이라는 말을 들으면 그게 그렇게 창피하고 부끄러웠습니다. 그래서 그런 소리를 하는 친구가 있으면 죽자고 달려들어 주먹질을 하곤 했습니다. 하지만 나이가 든 지금은 어디 가서도 제가 데려다 키워진 아이였다는 사실을 떳떳하게 이야기합니다. 그만큼 우리 어머니가 훌륭하고 대단한 분이라는 사실을 이야기하고 싶은 것입니다. 더 이상 숨길 이유가 없습니다. 제가 우리 어머니의 친아들이 아니기 때문에 역설적으로 더 어머니가 자랑스럽다는 것을 많은 사람들에게 이야기하고 싶습니다. 제가 이렇게 어머니 이야기를 자랑스럽게 하고 다니면 우리 어머니가 옆에서 웃으면서 그 이야기를 듣고 있는 것 같습니다.

제가 영훈이에게 미안한 또 한 가지는 결혼식을 못 올려 준 것입니다. 영훈이가 직장을 다니면서 어떤 참한 아가씨를 만나 살림을 차렸습니다. 형편이 어려워 식도 못 올리고 혼인신고만 하고 살고 있습니다. 지금은 벌써 두 아들의 아버지가 되었습니다. 차가운 강물 바닥에 버려질 뻔했던, 그러나 운명처럼 저의 품에 들어와 아들이 되어준 영훈이가 이제 성인이 되었습니다. 그리고 이제는 그 자신이 또 어엿한 두 아들의 아버지가 되어 있는 모습을 보니 제 마음이 참 뿌듯합니다. 제가 지금껏 살아온 보람을 느낍니다. 어머니께 진 빚도 이렇게 조금이나마 갚은 것 같아 마음이 편합니다. 언젠가 제 형편이 좀 더 나아지면 영훈이 결혼식을 꼭 올려주고 싶습니다. 그러면 제 마지막 남은 마음의 짐이 덜어질 것 같습니다.

사실 영훈이에게 출생의 비밀에 대해서 정식으로 이야기를 한 것은 불과 3년 전입니다. 설 명절 때 제가 대전으로 올라가서 영훈이와 술 한 잔 하면서 다 이야기해주었습니다. 내색은 안했지만 분명 자신의 출생에 대해서 궁금하고 갑갑했을 겁니다. 그 마음을 제가 누구보다 잘 압니다. 그런데 그때까지 먼저 묻지 않은 것은 모든 사실을 알게 되었을 때 과연 자신이 그 사실을 감당할 수 있을까 두려운 마음이 있었기 때문일 것입니다. 그 또한 제가 모르지 않습니다. 어린 시절에는 "왜 아버지는 우리랑 같이 안 살아?" 그렇게 묻곤 했습니다. 저에게 다른 가정이 있다는 걸 전혀 몰랐습니다. 그러다 학교에 들어가면서 엄마, 아빠의 관계가 다른 친구들 집과는 다르다는 것을 알았을 것입니다. 얼마나 힘들었을지 짐작하고도 남습니다. 어쩌면 저와 영훈이의 운명은 이토록 한 치의 차이도 없이 닮았는지 모르겠습니다.

우리 어머니는 돌아가시는 순간까지 저에게 사실을 말씀해주지 않으셨지만 저는 그러고 싶지는 않았습니다. 다만 때를 기다렸을 뿐입니다. 그리고 그날 처음부터 하나도 빼놓지 않고 다 사실대로 이야기해주었습니다. 이야기를 다 하고 나니 저는 마음이 편했습니다. 그런데 영훈이는 나름 충격이 컸던 모양입니다. 얼마나 마음이 아팠을까요. 그 후 약 1년 정도 말도 잘 안하고 이상하게 굴어서 걱정을 많이 했습니다. 그래도 지금은 괜찮아졌습니다. 오히려 자기는 혼자라는 생각 때문인지 매사에 더 열심히 하려고 하는 것 같아 마음이 놓입니다.

저는 영훈이가 자신의 출생의 비밀을 불행이라고 생각하지 않고 저와 자기 엄마를 만났으니 오히려 행운이었다고 생각해주길 바랍니다. 지금 당장은 아닐지라도 언젠가 영훈이 스스로 그렇게 마음을 정리할 순간이 올 것이라고 믿습니다.

다행인 것은 그래도 영훈이가 자기 엄마에게는 참 잘합니다. 영훈이 엄마는 영훈이 하나 믿고 살아왔습니다. 영훈이 없이는 못 살 사람입니다. 제가 조금이라도 영훈이에게 뭐라고 하면 금쪽같은 자기 새끼한테 뭐라 한다고 오히려 저를 나무라곤 합니다. 핏줄로 이어진 인연이 아니고 하늘이 만들어 준 인연이라 더 소중하다고 합니다. 영훈이도 이제는 그런 우리들 마음을 이해하고, 특히 엄마한테 잘하니까 기특하고 고맙습니다.

저는 영훈이 엄마에게 미안한 것이 많은 사람입니다. 그래서 저를 대신해서 아들인 영훈이가 잘해주니까 얼마나 고마운지 모르겠습니다. 영훈이 엄마가 처음엔 저를 총각인 줄 알고 만났습니다. 그러다 나중에 유부남인 걸 알고도 헤어지지 못하다가 운명처럼 영훈이를 데려다 키우게 되었습니다. 그렇게 평생을 결혼도 못하고 혼자 영훈이를 키우면서 살았습니다. 어찌 보면 참 기구한 인생입니다.

얼마 전 명절 때 영훈이가 자기 엄마를 모시고 익산으로 인사를 왔었습니다. 집으로는 못 오고 밖에서 만나 함께 식사를 했습니다. 그때 영훈이 엄마가 참 행복해 보였습니다. 그런데 행복해 보이는 만큼 미안한 마음도 커서 제가 고맙고 미안하다고 한 마디 했습니다. 그랬더니 영훈이 엄마가 그러더군요. 자기는 오히려 저한테 고맙다고요. 제 덕분에 아들도 생기고 이제는 며느리에 손자들까지 생겼다면서, 자기 호적을 떼보면 아들, 며느리, 손자들 이름이 나란히 있는 것이 그렇게 뿌듯하다는 것입니다.

이런 영훈이 엄마를 우리 어머니도 좋게 봐주시는 것 같습니다. 한번은 영훈이 엄마가 꿈을 꿨다고 합니다. 그 즈음 영훈이 엄마가 눈이 아파서 계속 병원에 다니고 있을 때였습니다. 꿈속에서 영훈이 엄마가 집 앞에 나와 앉아있는데 어떤 할머니가 오더니 쪽지에 적힌 집주소를 보여주면서 이 집이 어디냐고 묻더랍니다. 영훈이 엄마가 보니까 자기네 집 주소였습니다.

'이 할머니가 우리 집을 왜 찾지? 이상하다.'

영훈이 엄마가 꿈속에서 그렇게 생각하면서 할머니를 모시고 집으로 같이 갔습니다. 그런데 집에 들어서자 할머니가 "눈은 왜 그래?" 하고 묻더랍니다.

"눈이 아파서 안 좋아요."

"그래? 그럼 여기 누워봐."

그래서 누웠더니 할머니가 영훈이 엄마의 눈을 만지작거렸고, 그러자 눈에서 뭐가 막 나오더랍니다. 그리고는 영훈이 엄마가 놀라서 잠에서 깼는데, 다음 날 병원에 다시 가서 검사를 해보니 아프던 눈에 차도가 있었습니다.

그리고 며칠 후에 영훈이 엄마가 또 다시 꿈을 꿨는데 이번에도 그 할머니가 나왔습니다. 저번에 집주소를 가르쳐줘서 그런지 이번에는 알아서 찾아와서는 한구석에 웅크리고 누우시더랍니다. 그래서 영훈이 엄마가 이불을 덮어드렸더니 다리를 쭉 펴고 주무시더랍니다.

그런 꿈을 연이어 꾸고 게다가 아프던 눈도 점점 좋아지기 시작하니까 영훈이 엄마가 생각해도 예사로운 꿈이 아니었던 모양입니다. 영훈이 엄마가 저에게 그 꿈 얘기를 해주는데 왠지 소름이 돈는 느낌이었습니다. 그래서 영훈이 엄마에게 그 할머니 생김새를 설명해보라고 하니까 딱 우리 어머니 살아계실 때 모습이었습니다. 영훈이 엄마는 우리 어머니를 실제로 본 적이 한 번도 없습니다. 그런데 꿈속에서 봤다는 할머니의 모습이 어떻게 우리 어머니의 모습과 같을 수가 있을까요.

"당신이 영훈이를 잘 키운 게 기특해서 우리 어머니가 도와주러 오셨나봐."

제가 그렇게 말하자 영훈이 엄마가 놀란 눈으로 "정말 그런 걸까?" 하고 되물었습니다. 저는 틀림없다고 대답해주었습니다.

아무리 생각해도 신기한 일이었습니다. 어머니도 영훈이 엄마의 노고를 알고 계셨던 것입니다. 영훈이 엄마의 삶이 우리 어머니의 삶과 닮아있는 것 같아서 마음 한 구석이 찡하게 울립니다.

영훈이의 편지

　　폭주족이 될 뻔했던 영훈이 앞에 무릎을 꿇고 울며 이야기를 했던 날 이후 며칠이 지나서 영훈이로부터 편지를 몇 통 받았습니다. 자신의 잘못을 반성하는 진심과 함께 부모에 대한 절절한 사랑의 마음이 담긴 그 편지를 저는 아직까지 간직하고 있습니다. 저에겐 잊을 수 없는 경험이었고 크나큰 감동이었습니다.

　제가 어머니를 그리며 썼던 편지처럼 그 편지 내용 한 줄 한 줄이 제 가슴에 남아 있습니다. 그 편지들을 소개할까 합니다. 많은 분들이 함께 읽고 부모자식간의 사랑, 그리고 진정한 효의 의미에 대해서 다시 한 번 생각해보는 시간이 되었으면 좋겠습니다.

　첫 번째 편지

아버지께.

아빠! 그냥 아빠 생각나고 죄송해서 쓰는 거예요. 어제는 아버지께 정말 죄송했어요. 그리고 아빠가 그렇게까지 우실 줄은 몰랐어요. 아빠가 울 때는 정말 제 가슴이 찢어지는 것 같았어요. 지금도 그 생각만 하면 눈물이 나요. 아버지는 정말 세상에 둘도 없는 분 같아요. 제가 아무리 잘못을 해도 때도 대지 않으시고, 제 마음을 잘 알아주시는 것 같아요.

그리고 다시는 부모님 걱정시키지 않을게요. 그리고 아버지 말 잘 듣고, 엄마 말도 잘 듣고 효도하고 마음 편하게 해드릴게요. 아빠는 정말 최고의 멋쟁이예요. 아빠, 진심으로 사랑해요. 그리고 건강하세요. 아빠가 아프다고 하실 때마다 가슴 아파 죽겠어요. 어제 이 아프다고 하실 때도 제 이가 대신 아팠으면 하는 생각도 들었어요. 그러니까 정말 제 이까지 아픈 것 같았어요.

아빠, 건강하고 오래오래 사세요. 그리고 엄마도 오래 사셨으면 좋겠어요. 저는 아빠가 원 없이 잠을 주무셨으면 좋겠어요. 제가 크면 부모님께 효도하고 아버지 주무시게 해드릴게요.

눈물이 나와서 더 못쓰겠네요. 이제부터 편지 자주 할게요. 그리고 우리 가족 모두 건강하고 젊고 힘차게 살길 기도할게요. 아빠, 파이팅!

1997년 9월 5일
사랑하는 아버지께 아들 영훈 올림

두 번째 편지

사랑하는 아버지께.

아빠! 이제 3일 후면 추석인데 어떻게 해요. 저는 괜찮지만 아버지, 어머니 때문에 그래요. 어머니는 추석이나 명절만 되면 걱정을 하시며 저한테 말씀하세요.

"영훈아, 엄마 못나서 명절날에도 아빠한테 못가서 미안해."

저는 정말 괜찮은데 왜 그러시는지 모르겠어요. 저는 엄마 아빠가 쓸쓸하실까봐 걱정인데요. 특히 아빠가 추석에 쓸쓸하실까봐요.

역시 우리 가족을 생각하면 생각할수록 잘 만난 것 같아요. 서로를 걱정하고 의지하면서 살아가니까 말이에요. 어쨌든 이번 추석 쓸쓸하지 않게 잘 보내시고요. 엄마는 제가 쓸쓸하지 않게 해드릴게요. 집은 걱정 마세요. 아빠도 다음에 만나면 정말 즐겁게 해드릴게요.

아빠, 진심으로 사랑해요. 그리고 저도 착해졌고 나쁜 친구들 연락도 없으니까 걱정 마세요. 그럼 추석 지나고 또 편지 쓸게요. 우리 가족 서로 의지하며 살아요.

1997년 9월 13일
사랑하는 아들 영훈 올림

세 번째 편지

아버지께.

아버지, 제가 아버지께 편지 드린 지도 오래 되었습니다. 이제 3일 후면 어버이날이에요. 평소에도 부모님께 잘 해드리지 못해서 어버이날 같은 때가 오면 더 죄송해요.

요즘 아버지 목 아프다고 하셔서 더 걱정이에요. 아버지 좀 더 건강하셨으면 좋겠어요. 제가 매일 건강하시라고 하는데 아프시니까 마음이 아파요.

아버지는 바쁘시고, 저도 학원 다니느라 시간이 없어서 하루에 한 마디도 대화를 못할 때가 많아서 저와 아버지 사이가 점점 멀어져가는 것 같은 기분이 들어요. 며칠 전에 아버지께서 집에 오셨다가 말도 몇 마디 나누지 못하고 바쁘셔서 새벽에 일찍 가시니 좀 기분이 안 좋았어요. 그래도 아버지 말씀대로 IMF 시대에 바빠서 좋은 것 같아요.

어릴 적부터 어버이날 아버지 가슴에 꽃 달아드린 것도 한 번뿐인 것 같아요. 그것도 정말 죄송스럽게 생각해요. 이번 어버이날도 꽃 못 달아드리고 넘어가겠지만, 꽃이 중요한 것이 아니라고 생각해요. 부모님께 더 잘 해드릴게요. 아버지 몸조심 하고 건강하세요. 그럼 이만 줄이겠습니다.

1999년 5월 5일
아들 김영훈 올림

다음 마지막 편지는 영훈이가 성인이 되어 쓴 편지입니다. 어쩌면 제가 제 어머니께 드리고 싶었던 말들과 이리도 닮아있을까요. 다시 한 번 저는 저와 영훈이의 운명에 전율합니다. 이 애절한 사연을 우리 가족들과 세상 사람들이 가슴으로 이해해주길 바랍니다.

네 번째 편지

사랑하는 나의 아버지께 드리는 글

몇 년 만에 아버지께 글을 씁니다. 아버지 세 글자만 어디에서 들려도 요즘은 눈에서 눈물이 나네요. 많은 실망과 속상함을 안겨드린 못난 아들이, 이 죄를 평생 가도 못 씻을 죄를 어떻게 빌어야 할지 막막합니다. 마음은 그렇지 않은데…… 정말 마음은 그렇지 않은데 부모님에 대한 사랑 표현이 쉽지 않습니다.

평생을 못난 저와 어머니 뒷바라지 하시느라 수고하신 아버지께 해드릴 것이 없어 속만 썩어 가슴이 찢어지는 아픔이 하루에도 수백 번 찾아와 머릿속에서 떠나질 않습니다. 어릴 적 손 편지에 그렇게 좋아하시던 아버지 모습을 보고 싶어 써야지, 써야지 마음만으로 수천 통의 편지를 씀니다.

예전에도 그랬지만 요즘 들어 아버지 생각을 하면 왜 이렇게 눈물이 앞을 가리는지요. 하루 종일 머릿속에서 아버지 모습이 떠나질 않아요. 너무 보고 싶어 가려해도 그놈의 돈이 뭔지 가는 차비 생각나고, 또 가면 아버지 돈 쓰실 생각에 수십 번 가려던 마음을 정리했습니다. 어떤 때는 아버지 붙잡고 잘못했다 외치면서 하염없이 울고도 싶습니다. 남모르는 고민들과 사회에 나와 생긴 걱정들을 혼자 삭히며 많이 힘들지만, 계속 자리 안 잡히는 자신이 너무 미워 죽고 싶지만, 아버지 얼굴 떠올리며 오늘도 하루를 마감합니다.

어느 인연에, 어느 세월에, 아버지 같은 분은 어디에도 없습니다. 저의 아버지가 되어주신 것을 하늘에 감사드립니다. 세상에 단 하나뿐인 아들과 아버지! 더 애틋하라고 아버지 나이 많으실 때 저를 보내신 것 같아요. 사랑합니다, 영원히.

사랑하는 김응두의 아들 김영훈 올림

저에게는 마지막 소원 하나가 있습니다. 그것은 언젠가 영훈이와 우리 가족이 서로 왕래하며 잘 지내는 것입니다. 제 자신이 의지할 형제 없이 외롭게 살아온 세월에 한이 맺혀서 그런지 영훈이도 그렇게 살게 될까봐 걱정입니다. 부디 성민이, 성희, 성헌이가 너그러운 마음으로 영훈이를 동생으로 받아들였으면 좋겠습니다. 그리고 제가 죽고 없더라도 저희들끼리 모여 가족의 정을 나누며 지냈으면 하는 바람입니다.

어머니께 못 다한 효도의 한을 풀다

　　지금 생각하면 우리 어머니는 그 많은 한과 스트
레스를 어떻게 참고 살았을까 싶습니다. 어렸을 때 어머니와 제가
살던 곳은 전형적인 농촌마을로, 100여 가구에 400~500명 정
도가 모여 살던 동네였습니다. 다른 동네에 비하면 비교적 큰 동
네였지만, 어머니의 활동 범위는 매우 한정적이었습니다. 우리 집
과 큰집이 걸어서 10분 거리였는데, 기껏해야 거기를 왔다 갔다
하는 게 전부셨습니다. 참 불쌍하신 분입니다. 제가 여행업을 시
작하고 나니까 더 그런 생각이 들었습니다. 어머니가 살아계실 때
모시고 여러 좋은 곳에 여행을 다녔으면 얼마나 좋았을까 하고
말입니다.

　　그러던 중 어머니께 못 다한 효도를 다른 어르신들께라도 해야
겠다는 생각을 하게 되었습니다. 그래서 1985년부터 자비로 효도

관광 봉사를 시작했습니다. 당시에 제가 무슨 돈이 있어서 그런 봉사활동을 시작한 것이 아닙니다. 무척 힘든 시절이었지만 돈도 빌리고 차도 친구들에게 빌려서 시작했습니다. 흔히들 가진 것이 많아야 봉사도 하고 자선도 한다고 생각하지만 그건 잘못된 생각입니다. 없어도 하고 있어도 해야 그것이 진짜 봉사고, 자선입니다.

처음에는 고향인 오산면에서 70세 이상 무의탁 노인들만 모아서 무료 관광을 보내드렸습니다. 관광차 한 대에 45명의 노인을 태우고 가면서 이런저런 이야기를 나누다보니 그분들 중에는 저와 우리 어머니를 알고 계신 분들도 계셨습니다.

"응두가 이렇게 잘 커서 좋은 일 하네. 느그 어메가 저승에서 보면 얼마나 좋아하시겠냐."

그러면서 제 어깨를 쓸어주시는데 어머니 생각이 나서 눈물이 나오려는 걸 간신히 참았습니다. 예전에 시골노인 중에는 평생을 우리 어머니처럼 한 동네를 벗어나지 못한 채 사시다 가는 분들이 많았습니다. 그런 분들에게 관광이란 꿈도 꾸지 못할 일이었습니다. 비록 당일 행사지만, TV 속에서나 보던 일이 죽기 전에 당신들에게도 일어났다며 어찌나 좋아들 하시는지 제가 다 미안할 정도였습니다.

그렇게 즐거워하시는 모습을 잊을 수가 없어서 다음 해에는 익산 전체로 확대해 실시했습니다. 27개 읍면에서 300명 정도 되는 무의탁 노인을 3~4대의 버스로 나누어 모시고 익산시 금마면

왕궁탑에서 효도잔치를 벌였습니다. 왕궁탑은 백제 유적지에 있는 5층 석탑인데 9월이면 그 일대에 백일홍이 멋지게 피어나 익산의 대표적인 관광지로 손꼽히는 곳입니다. 그곳 공터에서 행사를 하는데, 국수를 삶고 닭도 2~3백 마리 정도 준비해서 대접을 했습니다. 식사도 하고 술도 한 잔씩 하면서 흥겹게 노래도 한 자락씩 하시라고 마이크와 앰프도 설치했습니다. 소박한 행사지만 다들 행복해하시니 힘들어도 보람이 있었습니다. 여기에는 익산시 27개 읍면동의 부녀연합회장님께서 매년 이 행사를 도와주시고 성원해주셔서 큰 차질 없이 치를 수 있었습니다.

이런 행사에는 우리 집사람과 아이들도 모두 적극적으로 참여했습니다. 집사람은 그 많은 음식 준비를 척척 해내고 아이들은 행사에 초청된 어르신들의 식사 시중을 들면서 이야기도 나누고 업어도 드리면서 그날 하루 동안은 손자, 손녀가 되어드렸습니다. 누가 시켜서 하는 것이 아니라 자발적으로 매년 함께했습니다. 어머니가 살아서 그 모습을 보셨으면 얼마나 좋아하셨을까요. 손자, 손녀의 재롱도 못 보고 가신 억울함을 이렇게라도 풀어드린다고 생각하니 마음이 흡족했습니다.

저는 이 일을 하면서도 우리 집사람에게 많이 고마웠습니다. 돈도 없는데 왜 이런 일을 하냐고 한 번쯤 타박할 만도 한데 그런 적이 없습니다. 가족들의 지지와 참여가 저에게는 그 무엇보다 큰 힘이었습니다.

그런데 제가 좋아서 한 일인데 어떻게 소문이 나서 신문에도 몇 번 나고 상도 좀 받았습니다. 상은 1986년쯤에 처음 받아봤습니다. 익산이 군이던 시절에 군수가 주는 효행상이었습니다. 마을 노인들을 모아서 효도잔치를 한다고 하니까 효행상을 주셨나 봅니다. 부끄러워서 시상식에 가지 않았는데 나중에 상만 집으로 왔더군요. 노태우 대통령 시절에도 대한노인회가 주는 효행상을 받으러 서울의 세종문화회관으로 오라고 연락이 왔었습니다. 꽤 큰 상이었지만 저는 거기에도 가지 않았습니다. 자랑할 것은 아니고 대략 5~6개 정도 그런 식으로 상을 받았던 것 같습니다.

하지만 저는 상을 받자고 그런 일을 한 것이 아니기 때문에 상 자체에 크게 의미를 두지는 않습니다. 어머니께 못 다한 사랑을 조금이나마 표현하는 것이라 생각해서, 효도잔치에 와주는 사람들이 오히려 고맙습니다. 어머니가 즐거워하실 것 같아서, 항상 옆에서 "웅두 잘한다, 잘한다." 하시는 것 같아서 좋습니다. 행사에 참석하는 어르신들도 물론 좋아하시지만 우선 제가 좋아서 하는 것입니다.

그렇게 2003년까지 매년 효도잔치를 벌였습니다. 그날 하루를 위해 1년 내내 열심히 일해서 경비를 마련하고 행사를 준비했습니다. 지금은 효도잔치 대신 다른 방법으로 봉사를 하고 있습니다. 세월이 흘러 행사에 참여하시던 어르신들도 이제 많이 돌아가시고 점차 참여율이 저조해져서 효도잔치 대신 10kg짜리 쌀 35포대씩 매년 추석에 동사무소를 찾아가서 드리고 옵니다. 우리 어머니 같이 사정이 어려운 분들에게는 쌀 한 포대도 귀한 법입니다. 시골 촌 동네에 사는 나이 드신 할머니들이 제 바지를 잡고 우시면서 고맙다고 하실 때는 마음이 아프면서도 한편으로는 잠시나마 제가 그분들에게 위로가 될 수 있다는 사실에 기쁩니다. 그밖에도 가까운 곳에 있는 복지시설에서 차량이 필요하다고 하면 우리 여행사의 버스를 무료로 대절해드리는 일을 하고 있습니다.

평생을 살아도 갚을 수 없었던 어머니 은혜, 그것을 어떻게 하면 어떻게 갚을 수 있을까 고민했던 것이 이런 일을 하게 만들었습니다. 제가 죽는 날까지는 우리 어머니처럼 외롭고 힘들게 사시는 분들에게 어머니한테 못 다한 효도를 하다가 이 세상을 떠나고 싶습니다. 또한 제가 죽은 다음에는 제 아이들이 이어서 계속해주길 간절히 바랍니다.

뒤늦게 타오른 만학의 열정

저는 우리 집사람을 존경합니다. 한 가정의 아내로서, 엄마로서 참으로 훌륭하게 그 역할을 해주고 있습니다. 거기에 머리도 좋고 삶에 대한 열정도 대단한 사람입니다. 매사에 성실하고 진지한 자세를 지닌 것은 두 말할 나위도 없습니다. 제가 항상 믿고 의지하는 사람이기에 집도 집사람 이름으로 사두었습니다.

한번은 제가 우리 집사람에게 운전면허를 따라고 했습니다. 제가 죽고 나면 먹고 살기 힘들지 모르니까 택시 운전이라도 해서 아이들과 함께 살라고 했는데 그날부터 학원을 다니며 20일 만에 면허를 취득했습니다. 그런데 집사람이 지나가는 말로 운전보다 더 하고 싶은 것이 있다는 것입니다. 그게 뭐냐고 물었지만 당장 말하고 싶지 않은 것 같아서 그냥 지나쳤습니다.

아이들이 다 자라고 대학을 졸업하고 나니까 집사람도 이제 자기 시간을 갖게 되었습니다. 처음에는 어딘가를 열심히 다니기에 혹시 이 사람이 춤바람이 났나 싶었습니다. 말도 안하고 매일 반짝반짝 하는 얼굴로 집을 나서는 것이 수상했습니다. 그런데 어느 날 친구라면서 우리 아이들보다 어린 친구들을 데리고 와서는 저한테 술을 사달라는 것입니다. 정말로 이상했습니다. 그래서 도대체 요즘 뭘 하고 다니느냐고 물었더니 뜻밖의 대답을 하더군요.

"나 요즘 중학교 검정고시 학원 다녀요. 이 친구들은 같이 공부하는 친구들이고……."

저는 깜짝 놀랐습니다. 집사람이 초등학교밖에 나오지 못했어도 아이들을 키우고 교회에서 활동하면서 그것 때문에 어려움을 겪었던 적이 없었기 때문에 학업에 대한 아쉬움을 지닌 채 살고 있는지 몰랐습니다. 그런데 그동안 겉으로 내색은 하지 않았지만 내심 만학의 꿈을 몰래 키우고 있었던 모양입니다. 저는 속으로는 그 나이에 젊은 사람들과 어울려 공부를 한다는 것이 쉽지 않을 것이라고 생각했지만 그래도 '춤바람'이 난 것보다는 '공부바람'이 난 것이 훨씬 나으니까 열심히 해보라고 격려해주었습니다.

그런데 얼마 후 집사람이 중학교 검정고시에 합격을 했습니다. 집사람이 참 기뻐하더군요. 저도 같이 기뻐해주었습니다. 대견하기도 하고 대단하다는 생각도 들었습니다. 그래서 잘했다고 칭찬도 듬뿍 해주었습니다. 그랬더니 고등학교 검정고시도 보겠다고 해서 그러라고 했습니다. 그리고 고등학교 검정고시도 무사히 통과했습니다. 도교육청에서 전화가 왔는데 우리 집사람이 최고령 합격자라는 것입니다. 어찌나 자랑스러운지 동네잔치라도 해주고 싶더군요. 그렇게 중학교부터 고등학교 검정고시까지 공부하고 합격하기까지 5~6년 정도 걸린 것 같습니다. 남들 학교 다니는 시간만큼 걸린 것입니다.

"나도 대학 갈게요."

어느 날, 집사람이 폭탄선언이라도 하듯이 그렇게 말했습니다. 고등학교 검정고시까지 패스하고 나니까 욕심이 생긴 모양입니다. 하지만 대학까지 가는 건 무리라고 생각했습니다. 솔직히 그동안 아이들 세 명 대학 공부시키면서 등록금 대느라 허리가 휘었는데 이 나이에 마누라 대학 등록금까지 대야 한다고 생각하니까 한숨이 절로 나왔습니다.

"당신 나이에 고등학교 검정고시까지 패스한 것만도 대단한 거야. 그 정도면 충분해. 대학은 무슨……"

그랬더니 집사람이 내 서방이 번 돈으로 아이들 다 대학을 졸업했는데 왜 나만 못가냐면서 대학에 꼭 들어가야겠다고 하는 것입니다. 그 말을 들으니 할 말이 없더군요. 그동안 제가 바람도 피우고 집사람 속도 많이 아프게 했던 것이 미안하기도 해서 속죄하는 마음으로 집사람이 하고 싶은 것이니 실컷 하게 해주자 싶어서 결국 허락을 했습니다.

"그래, 당신 맘대로 해. 대학에 가고 싶으면 가야지."

허락을 하는 대신 4년제까지는 무리니까 2년제 대학에 가라고 했습니다. 그랬더니 또 이번에는 새끼들은 다 4년제 갔는데 자기는 왜 2년제냐며 자기도 4년제에 갈 거라고 고집을 피웠습니다. 집사람 고집에 제가 두 손 두 발 다 들고 말았습니다.

그렇게 집사람은 군산에 있는 호원대학교 법대에 지원을 했습니다. 처음에 집사람은 제가 여행사를 하니까 관광경영과를 가고 싶다고 했습니다. 그런 걸 제가 법대에 가라고 설득을 했습니다.

"나중에 졸업하고 복덕방이라도 차리려면 법대를 나오는 게 좋아."

그래서 법대를 지원하기로 했는데, 사실 속으로는 시험에서 떨어졌으면 하는 마음에 법대에 가라고 한 것입니다. 젊고 똑똑한 사람들이 몰리는 법대에 설마 우리 집사람 같은 노인네가 붙을까 싶었던 것입니다. 그래도 입학지원서를 낼 때는 집사람과 손을 잡고 같이 갔습니다. 둘이 서있는데 주변에는 온통 우리 새끼들보다 어린 친구들뿐이었습니다. 다들 웬 노인네들이 왔나 신기한 듯 쳐다보더군요. 저는 내심 떨어지길 바라면서도 한편으로는 집사람이 어린 친구들 속에서 괜히 주눅이 들까봐 걱정이 되기도 했습니다.

그런데 웬걸, 덜컥 합격을 했습니다. 헛웃음이 나오더군요. 젊을 때 공부를 했으면 진작 뭐가 돼도 될 사람이었습니다. 이제 더 이상 말릴 재간도 이유도 없었습니다. 그래서 돈을 마련해서 입학을 시켰습니다. 역시 우리 집사람은 대단한 사람이었습니다. 어린 친구들 틈에서 주눅 들까 걱정했던 것이 무색하게 대학 4년 내내 신나게 캠퍼스를 누비고 다녔습니다. 자기보다 어린 교수님 모시고 술도 한잔 하고 동기들과 어울려 다니며 모임도 하면서 말입니다. 그렇게 우리 집사람은 당당하게 학사모를 쓰고 법대를 졸업했습니다.

지금은 집사람이 교회에서 권사님으로 활동하는 것 외에 다른 일은 안하고 있지만, 나이와 상관없이 뭐든 마음만 먹으면 척척 해낼 사람입니다. 집사람이 한창 공부할 때는 퇴근해서 집에 와 보면 밥상에 스탠드를 올려놓고 공부하는 모습을 자주 봤습니다. 집사람이 하도 열심히 하니까 제가 눈 나빠질까봐 스탠드를 사줬는데 그걸 켜놓고 늦은 시간까지 열심히 공부하더군요. 저는 공부에 방해될까봐 슬며시 들어와 조용히 씻고 잠을 자곤 했습니다. 가끔 모르는 것은 아이들에게 물어보기도 하는 것 같았습니다. 그 모습이 참 보기 좋았습니다. 고등학교 검정고시를 패스했을 때는 여기저기서 축하 전화도 많이 왔습니다. 이런 대단한 엄마 밑에서 자라서 우리 아이들이 전부 다 잘 자란 것 같습니다. 생각할수록 제 인생에 우리 집사람 같은 사람이 평생의 동반자로 함께하고 있는 사실이 참으로 감사합니다.

사실 우리 집사람만 공부를 한 건 아니고 저도 젊은 때 다 하지 못한 학업에 대한 열정을 뒤늦게 불태웠습니다. 저는 중학교만 졸업을 하고 고등학교 진학을 포기했었습니다. 여러 가지 사정이 겹치기도 했지만 당시엔 딱히 공부에 대한 욕심도 없었습니다. 중학교에 다닐 때도 주로 기계체조 같은 운동만 열심히 하고 공부에는 관심이 별로 없었습니다. 그런데 살다보니 가끔은 중졸이라는 최종학력에 대한 아쉬움이 생기더군요. 솔직히 고등학교를 안 나와도 살아가는 데는 전혀 지장이 없었지만 그래도 학교에 한 번 가보고 싶었습니다. 나이가 들수록 학업에 대한 미련이 생겼습니다. 다른 사람들 다 가는 고등학교, 나도 한 번 가보자 그런 생각이 들었습니다.

그래서 60살 정도 되었을 때 전주고등학교 내에 있는 방송통신고등학교에 입학을 했습니다. 3년간 교과과정을 모두 이수하면 고등학교 졸업 학력을 인정해주는 곳이었습니다. 저도 만학도가 된 것입니다. 들어가 보니 역시 동기들 중에 제가 나이가 제일 많더군요. 제가 교장 선생님보다도 나이가 많았습니다. 어린 친구들 중에는 16살짜리도 있었지만 대부분은 공부의 때를 놓친 성인들로, 30~40대가 제일 많았습니다.

매일 등교를 하는 것은 아니고 일주일에 하루만 학교에 가서 아침부터 저녁까지 수업을 들었습니다. 그래도 반장도 있고 학생회장도 있고 있을 건 다 있었습니다. 제가 나이가 많으니까 동기들이 회장 선거에 나가라고 했는데 창피해서 못하겠더군요. 대신 고문을 맡았습니다. 수업이 끝나면 동기들하고 식사도 하고 가볍게 술도 한 잔씩 했습니다. 나이 많은 사람이 건배를 제안하니까 선생님들도 눈 감아 주셨습니다. 어쨌든 학교에 다니는 내내 참 재미있었습니다. 망설이다가 간 학교인데 가길 잘했다고 생각합니다. 돌아보면 제 인생에서 가장 재미있었던 시절이 아닌가 싶습니다. 지금껏 살아오면서 온전히 나 자신만을 위해 시간을 써본 적이 없었던지라 그 시간들이 제게는 참 소중했습니다.

동기들과 소풍을 갔던 일도 기억이 납니다. 저는 여행사를 하니까 관광버스를 후원하고 슈퍼마켓을 하는 사람은 음료와 주류, 그리고 간단한 주전부리를 가져왔습니다. 또 고깃집을 하는 사람은 고기를 가져오고, 그냥 직장에 다니는 친구들은 금일봉을 냈습니다. 그렇게 각자 능력껏 낼 수 있는 것을 모아서 야외에 나가 즐거운 시간을 보내고 왔습니다. 그때가 아니면 언제 제가 그런 추억을 만들 수 있었겠습니까.

늦은 나이에 공부를 한다는 것이 쉬운 일이 아니었지만 그래도 포기하지 않고 3년을 다녀서 졸업장을 받았습니다. 동기들 중에는 대학에 진학하는 친구들이 많았습니다. 학교에서 저한테도 지원을 하라고 해서 알아서 하시라고 했습니다. 그랬더니 군산에 있는 군장대학교라는 2년제 전문대 관광경영학과에 원서를 내주셨습니다. 별다른 기대를 안했는데 합격이 되었습니다. 그래서 입학금을 내고 등록을 하긴 했는데 몇 번 나가지는 않았습니다. 등록은 2학년 1학기까지 하고 그 뒤에 그만두었습니다. 말하자면 제 최종학력은 이제 전문대 중퇴가 된 것입니다. 가끔 식구들과 나만 대학을 못 나왔다고 농담을 하곤 합니다. 집사람이나 나나 어쨌든 못 배운 한은 그렇게 다 푼 셈입니다.

여행업을 천직으로 여기며

여행업을 시작한 지 이제 35년이 넘었습니다. 현재 고객 명단이 3,000명 정도 됩니다. 이게 저의 자산입니다. 한 달 핸드폰 요금이 적게는 10만 원, 많게는 25만 원까지 나옵니다. 하루 종일 고객과 통화하는 것이 제 일일 때가 많습니다. 단골 고객들은 사무실 전화를 두고도 꼭 제 개인 핸드폰으로 연락을 합니다. 직원들도 있지만 오랫동안 봐온 저를 믿기 때문입니다. 밤낮도 없고 새벽에도 옵니다. 요즘은 이 단골고객들이 자발적으로 손님을 모아오기도 합니다. 저는 요즘도 고객들이 여행지로 출발하는 날에는 새벽이라도 항상 나가서 직접 인사를 올리고, 때론 고객들과 동행하기도 합니다. 우리 일의 특성상 새벽 일찍 나왔다가 밤늦게 들어가기도 하고, 출퇴근 시간이 일정치 않습니다. 직원들은 공휴일에 쉬지만 저는 거의 쉬지 않습니다.

여행업을 하면서 그동안 크고 작은 사고가 참 많았습니다. 1990년대 초반쯤이었던 걸로 기억하는데, 당시엔 자가용 버스로 영업 등록도 안 하고 영업을 하던 시절이었습니다. 한마디로 불법 영업이었습니다. 그런데 기사가 손님을 내려주고 돌아오는 길에 농사일을 마치고 경운기를 타고 집에 가던 젊은 부부를 들이받았습니다. 어두운 밤이라 경운기가 잘 안보였던 모양입니다. 연락을 받고 원광대 병원에 가보니 사고로 남편은 살았는데 부인이 죽었습니다. 그런데 죽은 엄마의 젖을 어린 갓난아이가 그때까지도 빨고 있었습니다. 그 모습을 보니 앞이 깜깜하고 아무것도 안 보였습니다. 여행업을 시작하고 처음으로 겪는 인명사고라 참 많이 당황했습니다. 그때 너무 힘들어서 매일 밤마다 어머니 묘소에 가서 울면서 도와달라고 기도했습니다. 기사는 입건이 되었고, 저는 보상금과 보험금 등을 처리하느라 무척 힘들었습니다. 그래도 다행히 버스에 손님이 없어서 불법영업 행위에 대해서는 잘 무마가 되었습니다. 유가족의 슬픔이 남일 같지 않았기에 합의도 최선을 다해서 해줬습니다.

또 한번은 관광버스로 익산에서 서울로 예식을 가는 단체손님을 태우고 가던 중에 사고가 났습니다. 기사가 운전 중에 손님들이 건네는 음식을 받아먹다가 그만 앞에 서 있던 고속버스를 들이받은 것입니다. 받친 버스가 앞의 버스를 또 박아서 연쇄추돌 사고가 발생했습니다. 고속도로에서 흔히 일어나는 사고이고 다행히 사망자나 중상자는 없었지만 부상자가 대략 90명 정도 되어서 수원에 있는 3개 병원에 나누어 입원을 했습니다. 그래도 병원마다 환자가 넘쳐나서 난리통도 그런 난리통이 없었습니다. 당시에 뉴스에도 나고 신문에도 꽤 크게 소식이 실렸던 사고였습니다. 그래도 사고가 컸던 것에 비해 사고 처리가 순조롭게 이루어졌습니다. 보험처리도 다 잘 되었고, 기사도 처벌 받지 않았습니다. 무엇보다 큰 인명사고가 없어서 얼마나 다행인지 모르겠습니다.

사건도 많았지만 재미있는 일도 많았습니다. 특히 여행 상품을 개발하는 일이 참 재미있었습니다. 중국에 배를 타고 가는 상품만 해도 이동 시간이 길다보니 오히려 배에서 이런저런 재미있는 일이 많습니다. 단순히 좋은 곳에 가서 구경만 하는 것이 여행의 전부가 아닙니다. 사람들과 어울려 함께 시간을 보내면서 이런저런 이야기도 나누고 하는 것이 여행의 진짜 묘미인지도 모릅니다. 그런 점에서 중국에 배를 타고 가는 여행 상품은 기획이 잘 된 상품이라고 할 수 있습니다. 저는 어머니 묘소에 갈 때마다 저에게 지혜를 달라고 기도를 빼놓지 않고 합니다. 그 덕분인지 좋은 기획 상품을 개발해서 대박이 난 경험이 몇 번 있습니다.

사업 초기에는 여행업이 나에게 맞나 고민도 많이 했습니다. 하지만 어느 순간부터 마음을 비우니까 한결 편안하게 사업을 할 수 있었습니다. 20년 전쯤 스트레스가 많아서 몸이 한동안 좋지 않았습니다. 간에 문제가 있어서 한의원에서 몇 번 약을 받아와 먹었습니다. 그런데 한의원에 세 번째 갔을 때 원장님이 직업을 물어보시더군요.

"여행업을 합니다."

"스트레스 많이 받으세요?"

"말도 말아요."

"스트레스는 일단 마음을 비우는 게 중요해요. 그게 안 되면 차라리 술도 마시고 담배도 피우세요."

그 한의원 원장님 말씀인즉슨, 술과 담배보다 더 나쁜 게 스트레스라는 것이었습니다. 술과 담배를 해서 스트레스를 풀 수만 있다면 차라리 그게 건강에는 더 낫다고 했습니다. 그 말을 들으니 그도 그럴 듯했습니다. 그래서 그때부터 최대한 마음을 편하게 갖고 스트레스를 받지 않으려고 노력했습니다. 스트레스를 푸는 데 필요하다면 술과 담배도 조금씩 했습니다. 그랬더니 정말 스트레스 때문에 아프던 것이 없어졌습니다.

그런데 일 때문에 받는 스트레스를 줄이는 가장 좋은 방법은 역시 일을 즐기는 것입니다. 여행업을 하는 사람이 여행을 즐기지 않으면 안 되겠더군요. 그래서 젊은 시절에는 손님들과 함께 우리나라는 물론이고 일본이나 중국으로도 참 많이 따라 다녔습니다. 나이가 들고 나서는 직원들에게 맡기고 직접 따라나서는 경우는 드물어졌습니다. 그런데 최근에는 세월호 사건 여파로 손님들이 불안해하셔서 직접 따라 나서기도 했습니다. 얼마 전에는 중국 산둥반도로 100명의 고객과 함께 다녀왔습니다. 군산에서 배를 타고 석도로 가는 코스입니다. 아무래도 배를 타고 여행을 가는 것을 불안해하는 손님들이 많았는데, 제가 간다고 하니까 단골들은 믿고 오셨습니다.

세월호 사건 때문에 여행업계가 큰 타격을 입었습니다. 그래서 무척 힘든 시절을 보내고 있습니다. 35년 이상 이 사업을 하면서 요즘이 가장 힘든 것 같습니다. 원래 우리 사업이 봄부터 가을까지 벌어서 사는 사업인데, 올해는 유독 힘든 봄을 보냈습니다. 그동안 크고 작은 해상 사고가 있을 때마다 조금씩 영향이 있었지만 이번은 너무나 많은 수의 어린 학생들이 희생된 경우라 영향이 더 큰 것 같습니다. 하지만 아무리 힘들어도 잘 이겨낼 것이라고 생각합니다.

사람이 어렵고 어렵지 않고는 다 마음에서 비롯되는 것입니다. 100만 원으로 살 수도 있고 1,000만 원으로도 힘들 수 있는 것이 사람입니다. 어렵다고 하면 끝이 없습니다. 우리 업이 경기를 많이 타는 업종이라서 너무 일희일비할 필요는 없습니다. 좋아질 것이라 생각하면서 일을 해야 합니다. 그래도 아직까지 부도를 내거나 한 적은 없습니다. 앞으로도 그럴 것이라 믿습니다.

사실 이번 세월호 사건의 경우에는 경제적 여파보다도 수많은 어린 생명들이 희생된 것에 더욱 마음이 아픕니다. 생때같은 자녀를 먼저 앞세운 부모의 심정은 오죽할까요. 세상에서 가장 큰 슬픔은 바로 육친을 잃는 슬픔입니다.

흔히들 '애끊는 슬픔'이라는 표현을 씁니다. 이 말은 말 그대로 애(창자)가 끊어질 듯이 아픈 슬픔이라는 의미입니다. 이와 관련한 옛 이야기가 있습니다. 옛날 중국 진나라의 장군 환온이 배를 타고 촉나라로 가던 중 양자강의 삼협에 이르렀습니다. 그때 부하 한 명이 절벽에 있던 새끼 원숭이 한 마리를 배에서 키워볼 요량으로 잡아왔습니다. 그러자 새끼 원숭이를 잃은 어미 원숭이가 슬피 울면서 뱃길 옆 절벽을 타고 계속 따라왔습니다. 백 리나 되는 길을 따라오다가 배가 절벽 근처에 다가왔을 때 어미 원숭이가 위험을 무릅쓰고 배 안으로 뛰어들었습니다. 그러나 어미 원숭이는 숨을 헐떡이다가 이내 죽고 말았습니다. 그 모습을 본 환온은 어미 원숭이가 죽은 이유를 알아보기 위해 배를 갈라보게 했는데 놀랍게도 어미의 창자가 마디마디 끊어져 있었다고 합니다. 창자가 다 끊어질 만큼 새끼 잃은 슬픔이 컸던 것입니다. 저는 우리 어머니가 돌아가셨을 때 창자가 끊어질 만큼 큰 슬픔이라는 것이 어떤 것인지 이미 경험했습니다. 하지만 자녀를 잃은 슬픔은 경험해보지 않았기에 그 슬픔의 크기를 감히 짐작할 수조차 없습니다.

이런 이야기도 있더군요. 부모가 돌아가신 자녀는 고아라고 하고, 남편이 죽은 부인은 과부라고 하고, 부인이 죽은 남편은 홀아비라고 합니다. 이처럼 가족을 잃은 사람을 지칭하는 말이 하나씩은 있게 마련입니다. 그런데 자녀를 잃은 부모를 지칭하는 말은 따로 없다고 합니다. 그것은 우리나라나 서양이나 마찬가지인데, 자녀를 잃는 슬픔이 너무 커서 신조차 그 말을 만들지 못했기 때문이라고 합니다.

우리 여행사에서도 그동안 중고등학생들을 대상으로 한 수학여행 상품을 개발해 많은 학생들과 함께해왔습니다. 이 학생들이 누군가의 귀한 자녀라고 생각하면서 더욱 안전에 신경을 써왔습니다. 다행스럽게도 아직까지 우리 여행사에서는 그런 대형 사고가 일어난 적이 없습니다. 이게 다 어머니가 보호해주신 덕분입니다. 그러나 아무리 신경을 써도 어느 순간 불식간에 일어날 수 있는 것이 불의의 사고이기 때문에 이번 세월호 사태가 더욱 안타깝게 느껴집니다. 아무쪼록 이번 사고로 희생당한 학생들의 영혼이 평온한 영면을 맞이하길 바라며, 더불어 애끓는 슬픔에 고통스러워하고 있을 그들의 부모에게도 심심한 위로의 말씀을 전하고 싶습니다. 저 역시 이 땅에 살고 있는 한 사람의 부모로서 그들의 슬픔에 충분히 공감하고 있다는 말을 꼭 전하고 싶습니다.

우리 큰아들 성민이가 회사에서 수학여행을 담당하고 있어서 이번 일로 상심도 크고, 여러 가지 상황이 안 좋아져서 무척 힘들어 하고 있습니다. 요즘처럼 업계 사정이 많이 안 좋을 때는 제가 괜히 더 미안해집니다. 그러고 보니 성민이가 대학 졸업 후 여행사에서 함께 일한지도 꽤 오랜 세월이 흘렀네요. 지금 우리 여행사가 이만큼 성장한 것도 다 성민이 덕분입니다. 그 녀석도 제 성격을 닮아서 함께 일하다가도 잘못된 점이 있으면 "아버지, 이건 잘못 된 거 같아" 하고 바로 직언을 합니다. 그런 점이 회사를 성장시키는 데 도움이 된 것 같습니다. 둘이 같이 회사를 키워나

가니까 여러 가지로 든든한 점이 많습니다. 저는 일흔이 넘은 이 나이에도 아직도 일할 수 있는 것에 감사하고, 아들과 함께 일할 수 있어 행복합니다.

여행업을 하면서 제가 중요하게 생각하는 것이 두 가지가 있는데, 하나는 고객이고 또 하나는 직원입니다. 지금 고객들 대부분은 이 업을 시작하면서 만난 사람들입니다. 동창이나 친구들은 오히려 우리 여행사를 거의 이용하지 않습니다. 한번은 제주도에 손님들을 인솔하고 갔는데 거기서 다른 여행사를 통해서 제주도에 놀러온 친구를 휴게소에서 본 적이 있습니다. 그때 제가 도리어 숨었습니다. 저를 보면 그 친구도 민망하고 미안할 것 같았습니다. 그런 경우가 몇 번 있었습니다. 저에게 요금이라도 물어보고 비싸서 그랬다면 이해를 하겠는데, 그런 것도 아닙니다. 사람 인심이라는 것이 그렇더군요. 그럴 때 보면 오히려 생판 모르는 남인 고객이 저에겐 더 소중하게 느껴집니다. 아무것도 없는 저를 지금의 이 자리에 있도록 도와준 분들이 바로 고객들이니까요.

저는 우리 직원들을 한 가족처럼 대하려고 노력합니다. 부를 때도 직급 대신 'OO씨' 이런 식으로 이름을 부릅니다. 기사들에게도 마찬가지입니다. 많은 사람들이 운전기사들이 거칠다고 생각하지만 그것은 편견입니다. 이 업은 서비스업입니다. 그래서 기본적으로 친절함이 몸에 배어 있지 않으면 이 일을 못합니다. 저도 참 거칠게 살아온 사람이지만 서비스업에 종사하다 보니 어느새 친절함이 몸에 배었습니다. 하지만 친절함과 비굴함은 다릅니다. 저는 제가 맞다고 생각하는 일은 시장이나 교육감이라도 바로 전화를 해서 따지는 스타일입니다. 그 사람들이 저에게 갑이고 제가 을인 입장이라도 바른 말은 항상 하면서 살았습니다. 저는 우리 직원들에게 이런 부분을 강조하는 편입니다. 하지만 어떤 문제가 생겼을 때에는 그 책임을 직원들에게 떠넘기지 않고 오너인 제가 가능한 범위에서 처리할 수 있도록 노력하고 있습니다. 그것이 직원들과 신뢰를 지키는 일이라고 생각합니다.

앞으로 몇 년이나 더 이 일을 하게 될지 모르겠습니다. 남들은 이제 쉴 때도 되지 않았느냐고 이야기하지만, 저는 당분간 일을 그만둘 생각이 없습니다. 제 사지가 멀쩡하고 고객들과 대화할 수 있는 기력만 있다면 일을 계속하고 싶습니다. 하늘에서 우리 어머니가 부르시는 그날까지 일을 놓지 않고 살아갈 것입니다. 제 욕심인지 모르겠지만 그러고 싶습니다. 우연하게 시작한 일이지만 이 일을 제 천직이라고 여기며 여기까지 왔고 앞으로도 그럴 생각입니다.

5장

내 삶의 마지막 소명

부르다 목이 멜 그 이름,

세상에서 가장 아름답고 존귀한 그 이름,

무한한 행복의 열쇠이며,

실패와 좌절, 불행과 고통의 순간을

감싸 안아 줄 따뜻한 영혼을 지닌 이름, 어머니.

당신의 이름으로 살겠습니다.

당신의 사랑과 헌신으로 살겠습니다.

어머니, 보고 싶은 내 어머니.

나는 효도전도사

       저는 효자, 효녀를 참 좋아합니다. 그래서 그런지 직원들도 효자, 효녀들이 많습니다. 몇 년을 같이 일하다보면 자연스럽게 성품이 나타나고 숨길 수가 없게 됩니다. 그런데 어떻게 제가 잘 뽑았는지 이상하게 우리 여행사에서 일하는 직원들은 대부분 효자, 효녀들입니다. 일부러 그런 사람들을 뽑은 것은 아닌데, 지내다 보면 그렇습니다. 제가 사람 보는 눈이 좀 있긴 한가 봅니다.

  우리 여행사를 찾는 고객들 중에는 젊은 사람들도 있지만 연세가 많은 분들도 많습니다. 그래서 이 일을 하려면 기본적으로 노인들에 대해 공경하는 마음이 필요합니다. 나이든 어르신들과 함께 어울리면서 그들을 이해하고 도와줄 수 있는 따뜻한 마음씨를 지닌 직원들이 저는 참 좋습니다.

여직원 중에 진선미 실장이라고 있는데, 우리 여행사에서 오랫동안 같이 일을 했습니다. 그런데 진선미 씨 아버지가 몸을 거동 못하는 상태로 오래 와병하셨습니다. 그래도 선미 씨가 말없이 인내하고 자녀 된 도리를 다 하는 것을 보면서 우리 아버지와 어머니가 쓰러졌을 때가 생각이 나서 진선미 씨에게 더 애착이 갔습니다. 그런데 얼마 전 진선미 씨의 아버지가 돌아가셨습니다. 그 슬픔이 얼마나 클까요. 이제는 진선미 씨도 슬픔을 이기고 좀 더 행복해졌으면 좋겠습니다.

운전기사들도 다 효자입니다. 그 사연 하나 하나가 다 감동적입니다. 내 부모는 아니지만 그 친구들이 자기 부모에게 잘 하는 것을 보면 그렇게 고마울 수가 없습니다. 저는 요즘 젊은 사람들만 보면 부모님에게 잘 하라고 말하고 싶습니다. 어느 날 돌아가신 후 후회하는 나 같은 사람이 될까봐 걱정입니다. 그런데 저렇게 알아서들 잘하는 사람들을 보면 그게 또 제 일처럼 기쁘고 뿌듯합니다.

저는 어머니 묘소에 갈 때마다 이렇게 말하곤 합니다.

"어메 곁에 가면 다시는 속 안 썩일게. 조금만 기다려."

이제 제 나이도 어느덧 일흔을 훌쩍 넘겼습니다. 아무리 오래 산다고 해도 이제 정말 얼마 남지 않았습니다. 그게 언제가 될지는 모르지만 어머니 곁으로 갈 수 있다고 생각하면 죽는 것도 두렵지 않습니다.

저는 제가 사는 것이 곧 어머니가 사는 것이라고 생각합니다.

그래서 더 열심히 살려고 했는지도 모르겠습니다. 어머니가 누리지 못한 것을 제가 대신 누리고 사는 것 같습니다. 그러나 저는 욕심이 없습니다. 지금 누리고 있는 모든 것에 너무 만족합니다. 아이들도 잘 커서 박사가 2명이나 됩니다. 둘 다 교수로 일하고 있는데, 어떻게 저한테 저런 아이들이 나왔나 신기할 때가 많습니다. 이게 다 어머니가 돌봐주시는 덕분이라고 생각합니다. 저는 돈도 필요 없는 사람입니다. 오늘 죽든 내일 죽든 여한이 없습니다.

저는 사람들에게 묻고 싶습니다. 당신은 얼마나 부모님에게 잘하고 있느냐, 최선을 다 하고 있느냐고 묻고 싶습니다. 그리고 효도가 의미하는 것이 무엇인가에 대해서도 이야기 나누고 싶습니다. 저 같은 놈도 어머니를 그리워하는데 피를 주신 자기 어머니를 어찌 소중하게 생각하지 않을 수 있습니까. 지금은 효보다는 돈이 중요한 세상이지만 인간으로 태어나 가장 기본적인 덕목인 효를 다하면 무탈하게 세상을 살 수 있다는 것을 사람들에게 알리고 싶습니다.

옛 말씀에 이르길, '부모를 사랑하는 사람은 남에게 미움을 받지 아니하고 부모를 공경하는 사람은 남에게 업신여김을 받지 않는다'고 했습니다. 또한 '효도하고서 어질지 않은 사람이 없고, 효도하고서 의롭지 않은 사람이 없으며, 효도하고서 지혜가 없고, 예의가 없고, 사용이 없는 자가 있을 수 없다'는 말도 있습니다. 저는 이 말씀들이 무척이나 옳다고 생각합니다. 살아보니 그렇고, 경험해보니 그렇습니다. 요즘 젊은 사람들을 보면 자기계발이니 처세니 다들 성공을 위한 덕목에 관심이 많은 것 같은데, 그들에게 제일 먼저 가르쳐야 할 덕목이 바로 효라는 것을 알려주고 싶습니다.

저의 경우만 하더라도 어머니를 따르고 사랑하는 마음이 세상 사람들을 존중하고 어르신들을 공경하는 마음으로 자라났습니다. 저는 지금도 이 세상을 살아가는 덕목 중에 가장 중요한 것이 효도하는 마음이라고 생각합니다. 지금처럼 각박한 세상에는 더욱 그렇습니다. 효심이 지극한 사람은 대부분 성실하고 바릅니다. 효심이라는 고귀한 마음을 거칠고 비뚤어진 마음과 한 그릇에 담을 수 없다고 생각합니다. 그래서 요즘 젊은 부모들에게도 자녀 교육을 제대로 시키고 싶다면 자녀를 효자로 만들라고 말하고 싶습니다. 효자가 많은 사회가 건강한 사회입니다. 자녀를 위한다고 이기적인 아이로 키우지 마십시오. 그게 제가 지금 하고 싶은 말입니다.

세상의 많은 사람들이 효에 대해서 다시 한 번 생각해볼 수 있기를 바랍니다. 그리고 저는 기회가 되는 대로 사람들에게 이야기할 것입니다. 그것이 어쩌면 제가 이 세상에 살면서 마지막으로 하고 가야 할 일이 아닌가 생각합니다.

봉사와 나눔의 삶

저는 현재 경영하고 있는 사업체와 집 한 채를 빼면 다른 재산은 거의 없습니다. 사놓은 땅이 있는 것도 아니고 저축을 많이 해놓은 것도 아닙니다. 사실 지금까지 살면서 경제적인 문제로 매번 힘들지 않았던 순간은 없었습니다. 그래도 궁하면 통한다고 큰돈이 들어갈 일이 생기면 어떻게든 만들었고, 또 만들어졌습니다. 지금 생각해도 어떻게 그 위기를 넘기며 살아왔는지 모르겠습니다. 그래도 참 열심히 살아왔다는 것은 말할 수 있을 것 같습니다.

저는 돈 자체에는 큰 욕심이 없습니다. 돈이 모이면 모이는 대로 그 돈이 쓰일 데가 있다고 생각하는 편입니다. 아이들 학비든, 결혼 자금이든 쓸 만큼 쓰고 남으면 또 그 돈은 제 몫이 아니라 주변에 도움이 필요한 분들을 위해 쓰일 돈이라고 생각하고 아

끼지 않았습니다. 봉사와 나눔을 위해 쓸 여유 자금이 없을 때
는 생길 때까지 기다리는 것이 아니라 없는 돈을 따로 마련해 쓰
기도 했습니다. 요즘처럼 남보다는 자기 자신을 먼저 생각하고,
돈이면 다른 사람의 생명을 위협하는 극도의 이기적인 행동도 서
슴지 않는 세태에 저 같은 사람은 어울리지 않는지도 모릅니다.
하지만 저 같이 영악하지 못한 사람도 있어야 세상이 굴러간다
고 생각합니다.

이러한 저의 삶의 태도에 지대한 영향을 미친 분이 계십니다.
바로 김신기 원장님이십니다. 저는 젊은 시절부터 김신기 원장님
을 가까이에서 모시면서 그분의 봉사와 나눔의 정신을 배워왔습
니다. 원장님은 그런 삶을 살라고 말로 하는 대신 몸소 실천하심
으로써 많은 사람들에게 귀감이 되셨습니다. 지역의 명망가이자
엘리트로서, 또한 독립유공자의 후손으로서 진정한 노블레스 오
블리주를 보여주고 계십니다.

원장님은 익산 중앙동에서 오랫동안 병원을 운영하다가 그만
두시고 1980년대 초에 한센인 정착마을이 있는 익산시 왕궁면
온수리로 들어가셨습니다. 그곳에서 2층짜리 단출한 벽돌건물에
'한일기독병원'을 세우셨습니다. 그리고 그때부터 한센인을 위한
진료를 본격적으로 시작하셨습니다. 물론 사모님인 손신실 여사
님도 함께하셨지요. 후에 한일기독병원은 다시 삼산의원으로 이
름을 바꾸셨습니다.

현재 삼산의원은 왕궁면에 있는 한센인 정착마을인 익산농장

내에 위치해 있습니다. 왕궁면에는 익산농장 외에도 금오농장, 신촌농장 등 한센인 정착마을이 두 곳 더 있습니다. 이들 한센인 정착마을에는 1,500여 명에 이르는 한센인이 모여살고 있는데, 소록도 다음으로 규모가 크다고 합니다.

원장님이 처음 한센인들과 인연을 맺은 것은 지난 1953년부터였습니다. 당시 원장님은 여수의 한센인 시설인 '애향원'에서 1년간 근무하셨습니다. 외과와 피부과 진료를 보시던 원장님은 겁이 없는 성격 때문인지 남들은 다 꺼리는 한센인들과 마주 대하는 것에 전혀 거부감이 안 드셨다고 합니다. '옮으면 옮는갑다' 하는 생각으로 처음 한센인을 마주하셨는데, 진료를 하면서 그 사람들과 이야기를 나누면 나눌수록 세상의 때가 묻지 않은 그들의 순수함에 마음이 끌리셨다고 합니다. 저마다 슬프고 기구한 사연을 지니고 있어서 그런지 그들의 이야기를 듣는 것도 그렇게 재미있으셨답니다.

그 후 원장님은 독립유공자이신 아버지로부터 삼산의원을 물려받아 운영하게 되셨는데, 그때도 '죽을 때까지 돈만 벌다 가지는 말자'는 생각을 항상 하셨다고 합니다. 그리고 사모님과 결혼을 하실 때는 환갑 넘으면 어디선가 봉사를 하며 살자는 약속을 하셨습니다.

그리고 원장님은 앞서 제가 말씀드렸던 것처럼 환갑이 가까워진 나이에 중앙동에서 운영하시던 삼산의원을 처분하셨습니다. 그때 원장님은 사모님께 이렇게 말씀하셨습니다.

"아이들도 다 컸으니 지금 병원을 정리하고 한센인 마을에 들어갑시다."

그러나 처음에 사모님은 원장님의 말씀에 선뜻 그러자고는 못 하셨습니다. 누구라도 쉽게 할 수 있는 일은 아니지요. 그때 사모님의 마음을 움직이게 한 것은 두 아들들이었습니다. 두 아들은 자라면서 "부모님처럼 진료실에 갇혀서 일만 하고 살지 않겠다"는 말을 자주 했다고 합니다. 결국 그 말이 사모님으로 하여금 벌이는 적어도 새로운 인생을 살아보자는 생각을 하게 만들었습니다.

원장님과 사모님은 중앙동의 병원을 처분한 돈으로 익산농장 근처에 아파트를 얻고 거기서 생활하면서 한센인을 위한 병원을 운영하셨습니다. 진료를 통해 한센인들을 정성껏 치료하는 것은 물론이고 병원 수익금으로는 어려운 한센인들의 생활비를 지원하셨습니다. 또한 크고 작은 봉사활동도 펼치셨습니다.

봉사단체에서 돈을 끌어와 한센인들을 위한 공동목욕탕을 지으신 것을 비롯해 한국전력공사에서 준 포상금으로 마을회관에 심야 전기보일러를 설치하셨습니다. 또한 마을 잔치가 있으면 돼지를 잡는 등 물심양면으로 힘쓰셨습니다. 이러한 봉사와 사랑의 실천으로 원장님은 1998년에 MBC 방송국에서 주최하는 〈좋은 한국인 대상〉에서 영예의 대상을 수상하기도 하셨습니다.

그런데 처음부터 한센인에 대한 거부감이 없었던 원장님과 달리 한센인을 직접 치료한 경험이 없었던 사모님에게는 그들에게 적응하는 일이 그리 쉬운 일만은 아니었습니다. 그러나 사모님도 곧 적응을 하셨습니다.

"처음 마을회관에서 사람들과 인사를 할 때는 환자 얼굴을 보는 것도 힘들었는데 몇 년이 지나니까 목욕탕에서 등 밀어주는 사이가 됐어."

언젠가 사모님이 그렇게 말씀하시는 것을 들었습니다. 사모님도 참 대단한 분이십니다. 부부는 오래 살면 닮는다고 하더니 봉사와 사랑을 실천하는 모습까지 어쩌면 두 분이 그리도 닮았는지 모르겠습니다.

그렇게 원장님과 사모님은 한센인 정착마을에서 인생 2막을 펼치며 사셨습니다. 원장님은 지난 30년 가까운 세월동안 한센인과 함께 늙었다고 자주 말씀하십니다. 그리고 이제는 90세를 바라보는 고령이지만 여전히 매일 오전 9시부터 오후 4시까지 진료를 보십니다. 사모님은 몇 년 전부터 관절염이 심해져 진료는 그만두셨지만 마을 행사에는 아직도 적극적으로 참여하고 계십니다.

몇 년 전에 원장님이 협심증으로 세 차례 수술을 받고 7개월간 병원 문을 닫은 적이 있으셨는데, 그때를 제외하곤 병원 일을 쉬어본 적이 없으십니다. 그때 마을 사람의 걱정이 이만저만이 아니었습니다. 그들의 입장에서는 있어서는 안 될 일이 터진 것이었습니다. 환자들 먹고 힘내라고 돼지도 잡아 주고 치료도 친절하게 해주시는 원장님이 한센인 마을 사람들에게는 없어서는 안 될 존재였던 것입니다.

원장님은 이제 마을 주민들과 한 가족이나 다름없이 지내십니다. 진료실에서는 격의 없는 농담을 주고받으며 육신의 아픔을 웃음으로 승화하고, 진료실 밖에서는 서로의 마음을 나누는 좋은 이웃입니다. 환자들은 진료비 대신에 각종 채소와 나물을 감사의 선물로 건네고 가기도 합니다. 그러면 원장님은 껄껄 사람 좋은 웃음을 지으시며 양손 가득 그것들을 들고 퇴근을 하십니다. 요즘은 무릎이 아파서 집안일을 못하시는 사모님을 대신해 청소와 설거지를 도맡아 하시느라 퇴근 후가 더 바쁘다고 하십니다.

이제 연세가 있으셔서 예전처럼 오랜 시간 진료를 보진 못하십니다. 하지만 요즘에는 소문을 듣고 목포·여수·광주 등 외지에서도 한센인이 찾아오기 때문에 병원을 쉬지도 못하십니다. 그런 원장님의 노고를 위로해드리고자 제가 자주 찾아뵙고 소주 한 잔씩 같이 마셔드리곤 합니다. 아무쪼록 우리 사회의 진정한 노블레스 오블리주를 실천하고 계신 원장님이 앞으로도 오래도록 건강하셨으면 좋겠습니다.

가슴으로 낳은 자녀를 키우는 가족에게 꼭 드리고 싶은 말씀

저는 얼마 전 신문에서 '칠곡 계모 의붓딸 학대 사건'이라는 제목의 기사를 접하고 경악을 금치 못했습니다. 8살의 어린 의붓딸이 계모의 구타에 목숨을 잃은 사건이었습니다. 그 여리고 작은 몸이 모진 폭행을 견디지 못하고 숨을 거둔 것입니다. 아이의 시신에서 짙은 멍자국이 수십 개씩 발견되어 그 끔찍한 학대의 순간을 대변했다고 합니다. 현재 이 사건은 재판이 진행 중입니다. 재판의 결과에 상관없이 많은 사람들이 이러한 사건이 일어난 것에 대해서 커다란 슬픔과 지켜주지 못했다는 자책감에 시달리고 있습니다.

또 얼마 전에는 어느 중년 부부가 데려다 키운 아이가 온 몸에 옴이 오른 채 숨을 거뒀다는 이야기가 한 TV프로그램에 방영이 되어 큰 반향을 일으키기도 했습니다. 아이는 옴이 오른 상태에서 제대로 치료를 받지 못하고 방치된 채 고통 속에서 짧은 생을 마감한 것입니다.

왜 이러한 끔찍한 일들이 하루가 멀다 하고 일어나는 것일까요? 생각할수록 가슴 아픈 일입니다. 그런데 제가 더 걱정스러운 것은 이러한 사건이 부각되어 알려질수록 재혼가정이나 아이를 데려다 키우는 가정에 대한 사회의 인식이 더 나빠진다는 것입니다. 사실 의붓어머니(계모)들이나 아이를 데려다 키우는 부모들이 자녀들을 학대하고 심지어 죽음에까지 이르게 하는 이러한 끔찍한 일은 전체에 비하면 소수에 불과합니다. 실제로 대다수의 의붓어머니나 아이를 데려다 키우는 부모들은 친부모 못지않게 사랑과 정성으로 아이들을 키우고 있습니다. 그런데도 절대로 일어나서는 안 될 사건들 때문에 그렇지 않은 가정이 편견에 시달리는 것을 보면 마음 아픕니다.

저 역시 어머니가 가슴으로 낳은 아들이지만 우리 어머니 같은 분을 만나서 너무나 큰 사랑을 받으면서 자랐습니다. 저는 저와 우리 어머니의 관계나 저와 우리 영훈이 같은 관계도 있다는 것을 세상에 더 많이 알리고 싶습니다. 재혼과 아이를 데려다 키우는 일이 많아지는 요즘에 귀감이 될 수 있도록 어머니가 제게 주신 무조건적인 사랑과 헌신을 세상 사람들에게 알리고 싶습니다. 친자녀가 아니지만 친자녀 이상으로 정성과 사랑으로 키운 이 땅의 모든 어머니들은 칭송받아 마땅합니다. 저는 그런 분들의 미담을 발굴해 세상에 알리는 가교 역할을 하고 싶습니다.

최근 들어 유명 배우나 가수들이 자신의 자녀를 가슴으로 낳아 정으로 기르고 있다는 사실을 세상에 알리면서 사회적인 인식이 예전보다 좋아진 것이 사실입니다. 그러나 그 속내를 들여다보면 여전히 힘들어하는 가정이 많다고 합니다. 아이를 데려다 기른다고 하면 사람들은 "정말 좋은 일 하셨습니다"라며 칭찬을 하지만, 정작 아이들에게는 싸늘한 눈빛을 보낸다고 합니다. 마치 근본 없는 아이라도 보는 듯 말입니다. 그래서 공개적으로 아이를 데려다 기르는 일은 참 어려운 일이라고 말하는 분들이 많습니다.

가슴으로 낳아 정으로 기르는 것이 숭고한 일이지만 그 부모들은 기쁨만큼 감당해야 할 아픔도 많다고 합니다. 그들은 사회의 편견과 맞서 싸우면서 살고 있습니다. 그들이 받아야 하는 편견 중 제일 견디기 힘든 것은 그들에게 남들보다 더 엄격한 도덕적 잣대를 들이댄다는 것입니다. 자녀를 가슴으로 낳아 기른다는 것은 어떤 숙명과도 같은 일이라고 믿고 있습니다. 하지만 그렇다고 해서 그들이 남들과 다른 특별한 사람들은 아닙니다. 그저 우리 주변에서 흔히 볼 수 있는 평범한 사람들입니다. 그들도 다른 평범한 부모들처럼 때론 실수도 하고 시행착오를 겪으면서 아이들을 기른다는 사실을 알아주셨으면 좋겠습니다.

데려다 기른 아이들을 뭔가 부족한 아이들로 보는 시선도 거두어주시길 바랍니다. 그 아이들이 친부모로부터 버려진 것은 그 아이들의 잘못이 아닙니다. 그 아이들도 부모 밑에서 사랑을 받으며 자라면 평범한 이 사회의 일원으로 자라날 수 있습니다. 그 아이들이 정서적으로 불안할 것이라고 지레 짐작하면서 경계하거나 반대로 지나치게 동정하는 것은 그 아이들은 물론이고 정으로 기른 부모에게도 상처가 되는 일입니다.

저의 어린 시절을 돌이켜 보면 동네 친구들의 무심한 놀림이 커다란 상처가 되었습니다. 주워온 아이라는 놀림이 세상에서 제일 싫었습니다. 핏줄 운운하며 친부모, 친형제를 언급하는 것도 고통스러운 일이었습니다. 제가 느꼈던 이러한 감정은 극히 자연스러운 것이라고 생각합니다. 이런 부분들을 사람들이 잘 헤아려 주었으면 좋겠습니다.

또 반대로 제가 데려다 길러진 아이에서 이제 정으로 기르는 부모의 입장이 되고 보니 언제 아이에게 진실을 말해야 할까 하는 부분이 굉장히 고민되는 부분이었습니다. 전문가들의 의견에 따르면 아이에게 사실을 처음 말할 때 가장 중요한 것은 부모의 태도라고 합니다. 데려다 기르는 일이 나쁘고 불행한 게 아니라는 것을 충분히 설명해야 함과 동시에 부모 스스로도 행복한 모습을 보여주어야 한다고 합니다. 만약 말로만 행복한 것이라고 하고 얼굴로는 슬픈 표정을 짓고 있으면 아이들은 정서적인 혼란에 빠진다는 것입니다.

과거 우리나라는 아기수출국이라는 불명예를 얻을 만큼 해외로 보내지는 비중이 높았습니다. 그러나 최근에는 국내에서 아이를 데려다 기르는 비율이 꾸준히 늘고 있다고 합니다. 보건복지

부에 따르면 국외·국내 비율은 2006년 각각 58.8%, 41.2%였지만, 2013년에는 25.5%, 74.4%로 역전되었다고 합니다. 공개적으로 하는 경우도 점차 많아지는 추세입니다. 옛날에는 '아이를 데려다 기르면 이사를 간다'고 할 정도로 그러한 사실을 쉬쉬 숨기는 분위기였지만 요즘은 사실을 공개하는 가족이 전체의 70~80%에 달한다고 합니다.

그분들에게 저는 경험자로서 용기와 희망을 드리고 싶습니다. 저도 한때 힘들었던 순간이 있었지만 그 어려움들을 잘 극복해왔습니다. 예전에는 이런 이야기를 함께 나누며 상담할 곳도 없었지만 이제는 같은 처지에 있는 사람들끼리 서로 소통하면서 힘든 점과 좋은 점을 공유할 수 있는 사회적인 분위기가 형성되리라고 봅니다. 기왕이면 어려운 점보다는 아름답고 행복한 이야기들이 더 많이 알려졌으면 좋겠습니다. 그래서 더 많은 사람들이 그대로 죽을 수도 있었던 한 생명을 살려 새롭게 살아갈 기회를 주고 훌륭한 사람으로 자랄 수 있게 해주었으면 좋겠습니다.

물론 그것이 아무나 쉽게 할 수 있는 일은 아닐 것입니다. 세상에는 여러 종류의 사랑이 있습니다. 그중에서 아가페적인 무조건적인 사랑이 있어야 나와는 아무 상관없던 한 생명을 온전히 내 아이로 받아들이고 키울 수 있습니다. 그것이야말로 세상에서 가장 숭고하고 아름다운 마음이 아닐까요? 그런 헌신적인 사랑이 사람들의 마음속에 진실로 피어나기를 바랍니다. 저는 교회에 나갈 때마다 세상이 그런 아름다운 사랑으로 가득차기를 온 마음을 다해 기도하곤 합니다.

정으로 길러진 아이들도 자라면서 자신을 길러준 하늘과 같은 부모님의 헌신적인 사랑을 마음속으로 깊이 간직하고 항상 고마워해야 합니다. 그리고 죽는 날까지 그 사랑을 가슴속 깊이 새기며 보답해야 합니다. 그것이 사람의 도리입니다. 사람의 도리를 다할 때 우리는 행복해질 수 있습니다. 그렇게 모두가 행복해지기를 빕니다.

이 세상에 저 같은 사람과 울 어매 같은 분들도 많겠지만, 그분들 모두가 울 어매 같고 저 같이 뒤 늦게 땅을 치고 후회하는 분들이 없었으면 하는 바람입니다. 특히 제 처지와 비슷한 분들은 땅에 묻히는 그날까지 부모님 사랑과 고마움을 잊지 않고 효도하시기를 간절히 비는 마음으로 미력하지만 제 글을 이 세상에 남기려 합니다. 끝까지 읽어주셔서 감사합니다.